U0101203

后浪

错乱

[萨] 奥拉西奥·卡斯特利亚诺斯·莫亚 著

张婷婷 译

南方传媒 花城出版社

中国·广州

图书在版编目（CIP）数据

错乱 / （萨）奥拉西奥·卡斯特利亚诺斯·莫亚著 ；
张婷婷译. -- 广州 ：花城出版社，2022.3（2023.2重印）
ISBN 978-7-5360-9680-6

Ⅰ. ①错… Ⅱ. ①奥… ②张… Ⅲ. ①长篇小说－萨
尔瓦多－现代 Ⅳ. ①I744.45

中国版本图书馆CIP数据核字(2022)第030090号

INSENSATEZ
Copyright © 2004, Horacio Castellanos Moya
All rights reserved
本书中文简体版版权归属于银杏树下（北京）图书有限责任公司。

著作权合同登记号：图字：19-2022-014号

出 版 人：张 懿
编辑统筹：梅天明 朱 岳
责任编辑：郑秋清
特约编辑：刘 君
技术编辑：薛伟民 林佳莹
装帧制造：墨白空间·黄 海

书 名	错乱	
	CUOLUAN	
出 版	花城出版社	
	（广州市环市东路水荫路11号）	
发 行	后浪出版咨询（北京）有限责任公司	
经 销	全国新华书店	
印 刷	天津雅图印刷有限公司	
	（天津宝坻节能环保工业区宝富道20号Z2号）	
开 本	787毫米×1092毫米 32开	
印 张	5.25	
字 数	92千字	
版 次	2022年3月第1版 2023年2月第3次印刷	
定 价	52.00元	

奥拉西奥·卡斯特利亚诺斯·莫亚

献给 S. D.,

虽然她曾让我承诺绝不把此书献给她

伊斯墨涅:"啊,主上,人倒了霉,甚至
天生的理智也难保持,会得错乱。"

——《安提戈涅》,索福克勒斯

目　录

第一章

我脑子缺了一块。那句话这么说。我用黄色马克笔将它标记出来，再工工整整誊写到私人笔记本上，因为这不是随便一个什么句子，更不是俏皮话，完全不是，而是我第一天上班读到的材料中最让我惊愕的一句话，是我刚刚把头埋进那一千一百页档案没多久就碰到的让我目瞪口呆的一句话，那上千页几乎是按单倍行距印刷的档案，被我的朋友埃里克放在即将属于我的办公桌上，好让我对工作内容有一些了解。**我脑子缺了一块**。我又念了一遍，被这位卡克奇克尔人在目睹家人被杀之后所经历的头脑紊乱之深所震惊，猜想他一定是听到了脑袋里那个保障理智健全的部件崩坏的声音，而造成他神志错乱的原因是，这位受伤后动弹不得的原住民眼睁睁看着政府军士兵手挥大刀带着狞笑把他的四个年幼子女一个一个砍死后又扑向了他的妻子，那个可怜的女人则因为同样被迫目睹了自己孩子被士兵剁成颤动的鲜红肉块而整个傻在那里。没有人在经历过这一切之后还能保持头脑健全，我这样想着，陷入病态的沉思，试图想象那位原住民醒来时的心情，他是从妻儿血肉模糊的尸首中间醒转过来的，当时士兵以为他死了，就把他和其他尸体堆到了一起，多年以后，这个男人有机会为此事提供证词，于是我现在才得以读到，并且要负责对它进行校对和润色，而那份证词恰恰就是以"**我脑子缺了一块**"开篇的，这句话给我带来巨大震动，因为它极其精准地概括了跟这位卡克奇克尔人有过相似遭遇的成千上万之人的心理状态，也精准地概括了数以千计兴致高昂地屠戮自己所谓同胞的政府军和非正规军士兵的心理状态，尽管我得承认，目睹亲生孩子被肢解而感到脑子缺了一块，跟脑子缺了一块似的肢解别人家的孩子不是一回事，我一边这样想着，一边得出一个不容置疑的结论，即这个国家所有人的脑子都缺了一块，我继而又得出一个更可怕、更让人不安的结论：搬到这么一个所有人脑子都缺了一块的陌生国家来编辑一份厚达上千页、记录了数百场屠杀的口述史料的人才是脑子缺损最严重的那个。我脑子也缺了一块，我这么对自己说，上班第一天，坐在他们安排给我的办公桌前，对着几乎光秃秃的白色墙壁，双目无神，这将是我接下来的三个月里工作的地方——只配有一张办公桌，一台电脑，一把可供我四处移动的椅子，还有座椅背后那面墙上挂着的一个十字架，多亏这个十字架，房间的四面墙壁才不至于空无一物。我的脑子一定比这个国家所有人都缺损得厉害，我一边往后仰着头一边想，努力保持着椅子的平衡，同时发愁得花多长时间才能习惯背后那个十字架的存在，反正我无论如何都不能擅自把它取下来，因为几小时前埃里克在带我来这里的路上告诉我，这不是我的办公室，而是大主教的办公室，虽然他几乎不用，而是更喜欢待在他的教区——那也是他居住的地方。我尽可以长期借用这间办公室，但要把十字架摘下来替换上我自己喜欢的东西，则是万万不行的，而我的兴趣爱好跟任何一种宗教都毫不沾边，虽然接下来连续几个星期的工作我都得在恰恰坐落于大都会教堂后面的大主教区进行。又一个**"脑子缺了一块"**的表现，我忧心忡忡地想，因为只有这样才能解释我这么一个道德败坏的无神论者为何竟然会答应为虚伪的天主教会工作，也只有这样才能解释为何我虽然极度厌恶天主教会和其他一切类型大大小小的教会，此刻却恰恰置身于大主教区，面对着那摞几乎是以单倍行距印刷出来的、记录着士兵如何屠戮了十几个村子的村民的一千一百页证词档案。我才是脑子缺损最严重的那个！我一边想着一边惊慌失措地站起来，像一只被困在笼中的动物一般在屋子里走来走去。这幽闭的屋子里仅有的一扇朝向街道的窗户都被封住了，同时阻隔着外面行人和里面工作人员的视线，我开始焦灼地踱步，而接下来在这四面白墙之内工作的日子里，我每天都会陷入这种焦灼踱步的状态，这时，突然冒出来的另外一个想法几乎把我推到了崩溃的边缘：我脑子竟然缺损到从教会手里接下一份会直接置自己于这个国家政府军监视之下的差事，好像我跟自己国家的军队之间麻烦还不够多似的，好像我在自己国家树的敌还不够多似的；我居然把脑袋往别人的蜂窝里拱，热心肠地帮忙清洁这帮天主教徒要去摸老虎屁股的手，甚至再附送个**美甲**服务，因为那就是我的职责，给出于虔诚之心决定去摸老虎屁股的天主教徒们的双手做清洁，做**美甲**。我一边这样想着，一边盯住小山一样堆在桌子上的一千一百页材料并开始翻阅起来，但很快就停下手来，我之前跟埃里克商定要在三个月内完成对这一千一百页证词的阅读和整理，并修订成册，此刻却惊恐地发现，这丝毫不是一件容易的事：妈的！答应三个月内编辑完这份报告足以证实，我哪里只是脑子缺了一块，简直是整个脑子都坏了。刹那，我感觉自己就是个被困在这四面光秃秃的高墙内的囚徒，是个异国神父和军人共谋之下的受害者，是只正走向祭祀场的羔羊，而这一切都是由于一个月前那腔愚蠢又危险的热情，它害我轻信了埃里克的话，当时我们正在警局附近一家老旧的西班牙酒馆喝里奥哈，他问我有没有兴趣接一个项目报告的编辑工作，他自己是参与人之一，内容是关于政府军和游击队武装冲突期间所发生的数场屠杀，项目计划将已搜集到的几百名目击者和幸存者关于这段历史的证词收编成册。根据埃里克的介绍，我的工作是在三个月内整理完一份大概五百页的报告，报酬五千美元，他还补充说那五百页首先会由资深记者和学者编写，到我手里的基本上是一份完稿，而我只需要最后再扫一眼、审核一遍，给这个已耗费巨大人力、物力的项目做点收尾工作，如此就能轻松拿到五千美元，所以是笔划得来的买卖。最早参与这个历史记忆恢复计划的是一群将印第安人目击者和幸存者的口头证词搜集起来的传教士，那些美洲原住民多数不懂西班牙语，并且会因为种种顾虑而不愿再谈起那段伤痛的历史，之后会有一帮人负责将采访录音整理成文字，同时把玛雅语访谈翻译成西班牙语，这是因为最终版的调查报告会用西班牙语写成，而收尾工作将由一个专业团队来做，他们会对证词进行归类、分析和编辑。埃里克那天在酒馆就这样细细给我解释着，看似漫不经心，实际上又非常冷静，一副典型的与人心照不宣的腔调，心里知道我是不会拒绝这个邀约的，这倒不是因为一瓶里奥哈下肚让我头脑发热，而是他看透了我就是个脑子缺了一块的人，猜到我一定会就此答应下来，并且为能加入这样一个计划而兴致勃勃，不会想到要讨价还价，更不会思考其中的利害。而事实上，我确实没有多加考虑就答应了。

我一下子推开门，惊魂未定，仿佛那个密不透风的房间里没有了空气，而我马上就要在一阵慌乱的妄想中昏过去；总之我站在了门口，从转过头来看我的两名秘书的神情可以推断，我的眼神一定很涣散，我随后决定，工作的时候先把门敞开着，让自己慢慢适应这个环境、这份新工作，虽然开着门无疑会干扰我阅读时的注意力，但算了，我宁可在校对那一千一百页档案的时候受干扰，也不愿因为过于密闭的空间和我自己病态的妄想而再次陷入神志错乱，尤其考虑到最初触发我病态妄想的是那么一句不那么聪明的话——它只是我接下来几周要读到的好几百句中的一句，它害得我心神恍惚，麻痹呆滞。当我踏进门槛来到椅子旁边，很快坐了下来并盯着报告开头那句**"我脑子缺了一块"**时，我再次确认了这一事实，便连忙跳过它去读下一句，不敢再像先前那样做任何多余的联想，以免让才开始的工作陷入危险的泥潭。然而，继续往下读的决定做出还没几秒钟，我就被一个戴着眼镜、留着八字胡的小伙子的来访打断了，此人的办公室就在隔壁，差不多一小时前，埃里克领我去上班的时候，顺便带我过去认识了一下。这个小伙子可不简单，他正是眼前这整片为捍卫他们所谓人权而战斗的大主教区的办公室主任，职位仅次于大主教，我一边听埃里克这样介绍着，一边上前跟这位年轻领导握手，同时瞥见墙上几张裱在相框里的很醒目的照片，其中一张是这家伙跟教皇约翰·保罗二世的合影，另一张是和美国总统比尔·克林顿的，这让我立马意识到此刻跟自己握手的不是一般人，他可是曾向教皇和克林顿总统伸出过同一只手的，这个念头差点把我吓坏，考虑到教皇和美国总统是这个世界上最有权势的两个人，而跟这两位达官贵人合过影——这可是不小的成就——的家伙此刻正走进我的办公室，所以我赶紧起身，毕恭毕敬地询问有什么可以效劳。只见人家极尽谦和地为打断我的工作而道歉，一边指着摞在桌上的一千一百页档案，一边说他明白等待着我的是一份艰辛的工作，说他趁我打开门放松一下的间隙自作主张地过来，是想邀请我去楼里各个办公室走一圈认识一下同事；埃里克刚刚行色匆匆，直接把我从接待区领来了办公室，竟忘了带我去认识一下别的工作人员，只带我去隔壁见过此刻正在向我发出邀请的年轻人。我立即答应下来，随他去拜访了这栋楼里的每一间办公室，不过，这其实也算不上一栋楼，那更像是一座附着在大教堂后方的殖民地风格的建筑，有着典型的大主教官的格局：坚固的岩石砌成，双层构造，宽走廊围绕着正中央的方形庭院。此刻在院中悠闲休息的几位员工看见我跟米诺——这正是这个机构负责管理世俗事务的小个子主管的名字——走过去，马上热情洋溢并且带几分献媚地打招呼，好像我是个新来的教士一样。米诺称赞我的业务能力，说多亏我过来了，这份大屠杀报告才能被编成一份一流的历史文献，一旁的我却在暗自琢磨，漂亮妞一定藏在什么地方，因为这个小个子介绍给我的女孩，不光脑子缺了一块，身体似乎也缺了些什么，没有一丁点美丽的影子，这一点我当然没在他面前提起。后来，一天天过去，我才发现原来是这个机构的问题，以前我一直以为只有极左组织内部有这个问题——我曾经以为女的都是丑八怪这个现象只在极左组织中存在——才不呢，现在我明白，这也是宣称要竭力捍卫他们所谓人权的天主教组织的特点，就像我刚刚说的，我是绝不会把自己刚刚得出的这个结论向那位跟约翰·保罗二世和比尔·克林顿合过影的小个子透露的，那家伙在领着我走访完一个个办公室后，终于重新把我带回那堆等着修订的一千一百页档案前，临走时还不忘问我需不需要他把门带上，我回答说还是开着吧，说反正我们的办公室在大主教宫最安静的角落，想必不会有什么人来烦扰我，打断我的工作。

第二章

今天第一天入职，理应庆祝一下，所以我中午约了托托老兄在市里最负盛名的"小门户"酒馆一聚，幸好这个酒馆距办公室不过两百米，距离这么近，对平日里那些深受迟到焦虑困扰的人来说再合适不过了——我就是这种情况，对那些急需通过喝一杯来平复紧张神经的人来说则更是福音——我也符合这种情况。我不禁觉得大主教宫和"小门户"离得这么近简直是个奇迹，似乎是老天在助我一臂之力，让我好好工作，不至于摇摆不定。我跟托托老兄在酒馆刚选好一张桌子坐下来时就这么跟他说。我们一边等着刚点的大杯扎啤，一边环顾四周看看店里还有什么人。不管我被困在什么样的办公室，只要确定附近——就在触手可及的位置——有个酒馆，心里就觉得稍微踏实平静些，酒端过来，我一边碰杯一边这么跟托托说，托托则借机秀了一把他独有的幽默，"祝你能活着从这个烂摊子抽身"，这个聪明的家伙打着严肃的腔调说道，这副神态竟令我对邻桌的客人警觉起来，一下想到这个昏暗简陋的酒馆里肯定多的是各路恶棍，甚至会有所谓"总统护卫队"的情报员和杀手，杀手们通常都独自喝酒，几乎从不抬头，双眼布满血丝，面容阴险狰狞，通身散发着一股在人群中极易辨识的凶残气息，令人毛骨悚然。"别担心，放松点。"托托老兄在劝我，边说边露出他潘乔·比利亚[1]式的胡须遮掩之下的一排龅牙，随后他问起我第一天入职的感受，问神父们对我怎么样，叫我把一切讲给他听；可就在我准备开讲的时候，从靠近门口的一座阁楼上方突然传来响亮的马林巴琴声，演奏者是两个老头，乐声瞬间盖过酒馆里客人们的谈话声，尤其是座位跟门挨得近的，比如我们这一桌，只有大声喊话，对方才能听见，于是托托提高了嗓门跟我说，这段乐曲是个欢迎仪式，毫无疑问是献给我的，他故意这样打趣我，咧嘴笑着，因为他心里清楚：如果有什么东西是我尤其厌恶的，那就是民乐，特别是用马林巴琴演奏出来的悲悲戚戚、哭哭啼啼的曲子，只有悲悲戚戚、哭哭啼啼的民族才会将这种乐器奉为瑰宝，这句话我过去说过很多遍。"赶紧的吧，老弟，快给我讲讲。"托托又在笑嘻嘻地催我，因为我没有多少选择，而马林巴琴声才响起不久，我只得扯着嗓子说话，让自己的声音盖过那愁戚戚的琴声，实际上这倒也不难，更不用说我们刚刚点了第二杯

---

[1] 潘乔·比利亚（Pancho Villa, 1878—1923）墨西哥 1910—1917 年革命时期北方农民义军领袖，原名何塞·多罗特奥·阿朗戈·阿朗布拉（José Doroteo Arango Arámbula）。（本书脚注均为译者或编者注，以下不做特别说明）

啤酒，兴致正高，只是我得尽量忘掉马林巴琴和它惹人
厌烦的声音才能集中精力讲上午发生的事。这段经历必
须从我叩响教堂后面那扇巨大的木头侧门说起，那一瞬
间我有一种奇怪的感觉，好像我当时叩开的是一扇我一
直害怕且憎恶的地下墓穴之门，是无法抗拒的命运带领
我深入其中，一种即将进入危险禁区的不安立即向我袭
来，这就是我一大早等在教堂木门外时的心情，旁边
是又脏又臭的人行道，充斥着来来往往的流动摊贩和形
迹可疑的路人，对了，眼下这家酒馆里也同样净是些形
迹可疑的人，不过马林巴琴师们总算演奏完了第一首曲
子，女服务生恰好也在此时端来了第二杯啤酒。我跟着
一位教堂司事模样的门卫穿过那扇大木门——趁着琴师
们还没开始表演下一首曲子，我赶紧继续跟托托讲——
被领进一间阴森可怖的等候室，看起来像个修道院的前
厅，门卫去找我的朋友埃里克了，留我一个人在那里等
了许久，我独自坐在长椅上，一面想着旁边应该通常会
有个方便祷告的跪凳，一面强烈感受到自己正在进入一
个被天主教教义统治的世界，一直以来没有什么比天主
教更让我厌恶的了，所以那一瞬间我差点想迅速拔腿
走人，然而，一种更奇怪的感受立马将我淹没，我恍惚
觉得之前好像来过这里，如今只是在重新经历已经发生
过的事，而这件事将会彻底改变我的人生。我正这么跟
托托讲着，第二首马林巴琴曲便响了起来，那种感觉让

人不寒而栗，就好像我马上要开启一段不受意志掌控的、危机重重的命运。

在继续讲下去之前，我想说明一件事，跟托托老兄在一起，我很有安全感，不只是因为这是他的城市，他对角角落落都了如指掌，还有一个因素是他那宛若庄园主的打扮：头戴一顶宽檐帽，脚蹬一双军靴，身上则披了件宽大的夹克。谁知道怎么回事呢，这副架势总不禁让人肃然起敬，如果是个谨小慎微的基督徒，看到托托估计会暗暗揣测：这家伙腰里一定插着把枪吧！托托称自己是个农夫兼诗人，这事只有我知道——我们无话不谈；但在酒馆的其他顾客眼里，他看起来分明就是个庄园主，一个让这个国家的国民深感惧怕的群体，因为他们通常蛮横霸道，视他人性命如草芥，此刻正堆在大主教办公桌上的那摞一千一百页档案所收录的史实就是证据。刚好这会儿托托正要问起档案的事，我跟他说，埃里克可算是把我害惨了，弄得我现在进退两难，他真是个精明的家伙，我们原本商量的是有五百页史料需要我审阅，我来了之后才发现实际的量是两倍，而他竟也没流露出一丁点要给我双倍报酬的意思，他似乎很自信我已没有足够的理由打退堂鼓了，因为资料中的三百页是屠杀事件列表及受害者名单，而剩下的八百页已经非常规整，这一点我不否认，也是他向我保证过的，因此我只需要做一点最后的校对与润色工作，不过，对原文我也有做出一些必要修改的绝对自主权，只要不扭曲原意就行，鉴于他对我的信任，没必要聊太多细节啦，他当时这么跟我说。确实，我向托托承认，今天上午读到的那五十页撰写得极其细致，甚至可以说无可指摘，虽然语言风格有点偏学术，行文结构像有洁癖似的，这跟负责撰写报告第一部分的人的职业倒也相符，他是个精神科医生，一个叫何塞巴的巴斯克人，我从未见过他本人，据说此刻他已经离开这个国家。他编写档案的方法是这样的：首先，他就个别谋杀与集体屠杀事件对幸存者的身体、心理与情感状态造成的后果提出了多项观点；之后，从已搜集到的数百份幸存者口述史料中选取相应的证词来证实他的观点，我今天上午就在读这些证词，有一些让我深陷病态的联想，我对着托托坦言道，同时发现他喝得有点快，或者说我忙着说话的时候他也在喝，自然就比我快了，比如村里那个哑巴的故事，我继续讲，也记不清是发生在高山区哪个偏远的村落了，是我刚好要从办公室出来之前读到的，出来后穿过教堂前面的中央公园之际，我还在咀摸着这个故事。故事讲的是一个倒霉的哑巴被几个不知道他其实是哑巴的士兵审问的事，他被逼着说出加入了游击队的村民的名字，因为说不出而被殴打，而他的同乡们则在其面前眼睁睁地看着。中士每次命手下问一个问题，那个哑巴便因为不吐只字而挨一顿打，却没有一个人敢站出来告诉领头的中士，那人是个哑巴，不能说话，即便哑巴被绑到了广场边的树上，中士一边抄起土耳其弯刀开始在哑巴身上一刀刀地割，一边大吼"说话！最好不要惹毛我，你这狗娘养的印第安人"的时候，也没有人站出来，哑巴只是瞪着他那凸起的眼睛，那双因为极度惊恐而几乎要从眼眶里爆出来的眼睛，仍然无法回答中士的问题——他当然没法回答了。中士自然把他的沉默看成对自己的挑衅，拔出大刀要逼对方像球赛解说员那样流畅地说出他想听到的答案，同时也让站在不远处的那群已经被吓傻了的印第安村民明白，他们最不应该做的事就是挑战权威，真是个愚蠢又凶残的中士，他砍死了哑巴，却自始至终都不知道，那些尖叫不只是因为疼痛，它们也是哑巴唯一的表达方式。"这哑巴怎么那么傻，为什么不通过打手势暗示呢？"托托一边吃着女服务生刚端过来的土豆和香葱一边问，仿佛他不知道哑巴一开始就被士兵们绑住了手腕，动弹不得，仿佛我没有跟他讲过，军官挥手砍下第一刀之后，哑巴那两只该死的手连同绑在上面的绳子就被一齐砍飞了，这时候还怎么打手势！在哑巴之后，大砍刀转向余下的村民，他们一个接一个倒下去，虽然每个人都会说话，也都准备好告发游击队的同伙，但这对他们毫无用处，杀人狂欢已然开始，最后只有两三个人活了下来，在十二年之后讲出了这段故事。我说到这里时，托托已经在点他的第三杯啤酒了，而我的第二杯才刚喝到一半，不过，坦白讲，还是谨慎些好，毕竟这是我第一天上班，总不能喝得酩酊大醉、洋相百出，下午再敲开教堂大木门，回到办公室继续阅读哑巴那样的故事，或是把头埋进档案堆，等着再撞上类似于**"我脑子缺了一块"**这样的句子。实际上，我告诉托托，我光这一上午就碰到了不止一个这样的句子，它们全部是出自印第安人之口的强烈情感表达，毫无疑问，讲述那些年发生的事，对他们来说意味着不得不唤起最痛苦的回忆，然而，这也是在引导他们进入心理疗愈阶段，使他们直面过往，驱走夜夜盘踞在睡梦中的血腥幽灵，常做噩梦这一点是他们在证词里承认的。这一份份证词像一个个装满疼痛的浓缩胶囊，一字一句都如此响亮、有力而深刻，以至于我把其中一部分摘抄到了自己的私人笔记本上，我一边说着，一边从牛仔外套内层口袋里取出我做记者时用的小本子，却发现托托已经开始心不在焉了，随着酒馆里的人越来越多，隔壁桌开始出现一些尚有姿色的女孩。你是诗人，快听听这个多棒，在开始念之前，我这么跟他说，此时马林巴琴师恰好刚结束演奏，于是我抓住这个空当，尽可能情绪饱满地念道：**"他们的衣裳在伤心……"** 我观察托托的反应，他正看着我，仿佛在等我念下去，于是我立马继续念第二句，用上了更确凿的语气：**"那些房子，它们在伤心，因为里面早已无人……"** 紧接着，我又念了第三句："**我们的房子，他们烧了，我们的牲畜，他们吃了，我们的孩子，他们杀了，女人、男人，唉！唉！……谁来重修这些房子？**"念完我又观察托托的反应，猜想到现在他一定被这些句子打动了，因为对我来说，这些语句完美地传递出了大屠杀幸存者的绝望，然而，他却无动于衷——我遗憾地发现，相比于诗人，他更是个农夫，因为我听到他只是说了声："不错……"我猜这只是出于礼貌，因为他立刻摆出一副好为人师的神情看着我，劝我用平常心看待这份工作，说那可是一群一辈子笼罩在恐惧与死亡阴影下的印第安人，读完从他们口中搜集来的一千一百页史料，再坚毅强大的心都会被摧毁，还有可能染上病态的妄想症，所以，为了调整精神状态，他建议我最好时不时分散下注意力，比如，一旦走出办公的地方，就不要再想工作的事了，他略带责备地指着我的随身笔记本，说幸好我不能把档案带出大主教辖区——出于安全的考虑，这是不被允许的，否则，一天二十四小时埋头于这些文件中，对我这种有强迫症倾向的人是极度有害的，会把我的妄想症逼至最严重的地步，最好连这个也不要从教堂里拿出来，他再次指了指我的本子，就把它当成一份普普通通的文案工作吧，说完托托朝我背后努努嘴，示意我看一眼在和一个毛头小伙子聊天的几位年轻女孩，好像这是泡妞的正当时机似的，好像我把摘抄在笔记本上的句子念给他听是为了让他相信我正投身于一项正义事业，这让我有点恼怒。于是我解释说，我只是想给他看看这些被称为同胞的当地原住民，语言表达是多么丰富，仅此而已，考虑到他是诗人，猜想他可能会对那些情感强烈的比喻和充满巧思的句法感兴趣，实际上，这些句子甚至让我联想到塞萨尔·巴列霍这样级别的诗人，说到这里，我决定继续念，这一次语气更加坚定，重新响起的马林巴琴声也不能让我有半分怯懦，我选了一段更长的，好让托托老兄不再有任何怀疑：**"我哭了三天，哭着想见他。我坐在地上，嘴里说着，小十字架在下面，他在下面，我们的尘土在下面，快来敬拜吧，快去点一支蜡烛，可当我们点起了蜡烛，却不知该放在何处……"** 这一句，你说，我这下是清清楚楚地带着怒气质问他，难道不是精彩绝伦的诗句吗？简直是诗歌的瑰宝！紧接着我带着更强烈的情感朗读出下面一句：**"因为最悲伤的是，给他下葬的人不是我……"** 这时我突然发现托托正投来警戒的目光，好像我说漏了什么，而旁边某个秘密情报员正趁我不注意将之记下来，我浑身一哆嗦，下意识地扭头扫了一眼周围的客人，心惊胆战，一些人看起来完全有可能是军队派来的眼线，甚至，考虑到这个国家的局势，如果这里的多数人都是眼线，我也不会感到奇怪。想到这里，我赶紧把我的小笔记本放回外套口袋，又朝女服务生打了个手势，要了第三杯也是最后一杯啤酒。"但求再无所求。"我的朋友背诵了这么一句诗,龇着牙露出狡黠的笑,随后抹了抹留在胡须上的啤酒沫,补充道:"克维多[1]。"

1　即弗朗西斯科·德·克维多（Francisco de Quevedo，1580—1645），西班牙贵族政治家，也是巴洛克时期的著名作家。

第三章

　　我很久没发那么大的脾气了，就在大主教区管理办公室里，因为会计那天下午通知我说没钱给我，他连要付钱给我这件事都不知道，可明明就在同一天早上，我的朋友埃里克向我保证，正午一过我就可以去财务处领预支给我的两千五百美元，我们起初也是这么商定的，工作一开始就发两千五，结束的时候再付清剩下的两千五，我心里想着这个约定，从办公室出来，穿过宽阔的走廊，一路走到大主教官的另一头去取我应得的那笔钱，没有这笔钱我根本不可能继续工作，我向那位坐在办公桌后面、看起来瘦小又呆滞的会计解释道。我实在无法相信埃里克会如此厚颜无耻地欺骗我，还是您在告诉我，他的确恬不知耻地对我撒谎了？我这么冲会计嚷着，而他只是低眉不语，像个正被训斥的辅祭男孩，直到从办公室后面走出来一位高个子金发男人，他操一口加勒比口音，用威严的语气询问发生了什么事，好像他什么都不知道似的，他就这么站在我面前，宛如一个正踏在印第安人土地上的军队将领，我突然觉得这是个对我极有利的场景，因为可以把对效率低下的天主教官僚系统的满腹怨气痛痛快快撒到他身上，于是我立马向他控诉，你们不按时付我钱，我不能接受，这是我的朋友埃里克亲口许诺过的，我特意强调了"亲口"二字，他承诺今天下午我就能领到第一笔钱，不会有差错，我相信埃里克的话在这个机构里是有分量的，不付我钱就是相关人员的失职，就是在干扰整个项目的正常进度，因为如果拿不到他们答应会预支给我的工资，那一千一百页档案，我是一行也不会再看的。不难看出，金发男人此时正极力克制自己，显然是被我言辞激烈的长篇大论惹恼了，然而他很快就会发现，我还远远没结束，因为我一针见血地继续叫嚣道，你们先是指望我拿一份钱完成两份工作量，无论从哪个角度来看，这都是蛮横无理的行为；而现在，你们又堂而皇之地不履行工作合同最基本的条款，拒绝支付我的预付工资，我说到这里，嗓门已经抬高了，听起来带着几分歇斯底里，我得承认，碰到意欲敲诈我的人，比如眼前这个金发男人，我总是这个反应。而此时的他终于咬牙切齿地开口说，最迟第二天就会把钱给我，他以办公室主管的身份向我保证，并说这个小小的延误只是因为上午埃里克来交代付我工资的事时他不在。巧的是，就在这一刻，那个跟克林顿和教皇合过影的小个子突然出现在办公室门口，多亏他的及时出现，否则我跟金发男人的对峙真的不知道会如何收场，这位办公室主管一定以为我是一个不会坚持索要自己应得报酬的傻帽，而实际上，对我来说，领到钱比其他任何事都重要，我把这一点向小个子阐明后，只见他把看似是想抚慰我的手放到我背上——这个动作反而引起了我深深的怀疑，对我说，他以机构领导的名义担保，第二天一早就会把两千五百美元送到我手里，还问我是想收美元现金还是一张兑换成当地货币的支票。无论从哪个方面来说，这都是个蠢问题，因为在我跟埃里克的约定中，我们谈的始终是五千美元，从来没提过他们国家的货币，那些散发着腐臭的破旧钱币，任何一个头脑正常的人都提不起兴致去花，反正我没兴趣，我一边这么照实跟小个子说，一边随他往外走，准备一起走回我们位于大主教宫另一头的办公室，他可疑的手还放在我背上没有拿下来，两人走得迟缓且步伐一致，像两位在傍晚散步的老神父。小个子借机劝我，不要生豪尔赫的气，就是那个办公室主管，我的工资发放被耽搁不是他的责任，而且他实际上是个好员工，巴拿马人，对工作尽心尽力，我慢慢会更了解他的。随后，他转换话题好让我放松下来，问起我入职三天了，觉得目前读到的报告的质量如何，我回答说到目前为止质量不是问题，麻烦的是数量，是起初约定数量的两倍，但合同限期不变，报酬也不变，刚说完这句，我又想到被拖欠的工资，火气立马再次涌上来，直到跟小个子告别之后都还没平息。我走进办公室，带上了门，然后坐在厚厚的档案堆前，感觉不到丝毫继续读下去的动力，尤其是当首先映入眼帘的是这样一句话时：**他们只用棍子和砍刀，就杀光了他们谈话间提及的那十二个男人。**紧接着是这一句：**他们抓住了迭戈·纳普·洛佩斯，又抄起一把刀，每个士兵都朝他刺一刀，或割下一片肉……**这几句对此刻的我来说是致命一击，一刹那把我先前的怒气推到了顶点，即使见过我胳膊肘撑在桌子上双眼无神地望着对面光秃秃墙壁的人，都无法想象这样的场景，我怒火中烧，满脑子想的都是那个下作的巴拿马人，都是他害得我拿不到预付款，他以为他是什么东西，可以随心所欲欺压我？难道他看不出来，我可不是他常接触到的那些可怜的印第安人？想到这里，我猛地站了起来，在办公室走来走去，仿佛完全着了魔一般，狂乱的思绪如同一阵龙卷风，一眨眼的工夫就将我吹到巴拿马人的办公室里，此时已经入夜了，大主教宫空无一人，只有那个叫豪尔赫的还坐在办公桌前，他看似在专心审核账本，实际上却正一面想着白天如何践踏了我的人格，一面暗自窃喜，他回味得太投入了，都没发觉我的到来，因此当我朝他的肝脏位置刺下第一刀的时候，他丝毫没来得及做出反应，这一刀让他跪到了地上，眼中充满惊恐，张大着嘴巴，两只手则试图捂住他被刺破的肝脏，这让他更是无法抵挡我朝他胸骨下方刺的第二刀，这一回，我怒气更盛，我太恨他了，以至于手臂开始疯狂地将匕首一次又一次插进那个巴拿马人的身体，这个拖欠我预付款的傲慢死巴拿马人！下一秒，我突然发现自己又站在自己的办公室里，正狂怒地做着刺杀死敌的动作，手里却没有刀——当然没有，活像个疯子，确实，任何不敲门突然进来见到我这副样子的人都会这么觉得，而且我刚刚才发现门居然没锁，真是越想越觉得后怕。然而，不得不承认，我坐回椅子上，做深呼吸镇静下来之后，竟感觉到一阵如释重负的畅快，好像那个巴拿马人真的已经受到惩罚了，而我也可以下班了，因为如果今天那两千五百美元拿不到手，我是无论如何都无法工作的，说到做到，我懒得向任何人解释，便拿起外套，穿过两个女秘书办公室之间的走廊，抵达大木门口，一脚跨了出去，走上了街。

在快速离开之前，有那么几秒钟，我很享受那一刻的午后景象：太阳还没落下，光线明澈，轻柔的暖风在街道间穿梭，几乎与我的步履节奏一致。没开玩笑，我开始用自己的最快速度奔走，一会儿走在路这头，一会儿到了路那头，一会儿又冒冒失失地横穿街区，这样做倒不是为了避免有人跟踪我——这条街拥挤异常，我不至于会去瞎担那份心；而是要预防被人出其不意地攻击，因为随时会有两个伪装成抢劫犯、真实身份却是军队情报员的人手持凶器对我前后夹击，以图抢走一些我身上并没有的东西，这样神父们就能明白他们的意思，我这

样一个外国人在一场街头行凶之中被杀，根本不会造成
什么影响。要不惜任何代价避免被人伏击：我每次出门
都会提醒自己，常常小心谨慎到走火入魔，草木皆兵，
得知他们拖欠我预付款的那天下午，我走在街上，也是
这样一副状态，来到第八大道，途经一个位于大主教宫
和中央市场之间、充斥着尿骚味和垃圾腐臭味的街区，
我一面踏着大步横穿教堂背后这片肮脏不堪的区域，一
面警觉地探查着四周——身后、前方、两侧，好像只要
看到杀手的脸就可以保证自己能逃脱似的，我的视线先
是掠过一段挤满行人和流动商贩的街道，又扫过一条几
辆老旧公车正不停按喇叭、费力向前挪动的喧闹柏油路，
同时脚下没有减慢速度，直到抵达第九大道，沿路而上，
准备去往艾西内纳步行街。这是我临时做出的决定，想
在回到住处之前，先找个地方喝几杯，换一下心情，也
思考一下自己现在的处境，此时浮现在脑中的，是一座
名叫"千扇门"的简陋酒馆，虽然叫这个名字，它实际
上当然只有两扇门，是几个前进步党人的资产，常客却
都是些爱好艺术的青年男女，都是波西米亚的装扮，也
许都随性不羁，总之，那里的氛围跟大主教宫截然不同。
正需要新鲜诱人的年轻肉体来帮自己重振精神呢！我踏足
进去的时候这样想着，选了个角落的位置坐下，准备先点
一瓶矿泉水，喘口气，这个地方提供的清水——我最喜
欢喝清水——是从水龙头里直接接的，这个恐怖的事实

是我前几次来的时候发现的，之前几次来，我也是坐在角落，看到脏兮兮的墙上贴着蹩脚诗句，显然是出自那些资质平庸却热衷贩卖希望的诗人之手，诗句结构毫不讲究，字体大得像监狱标语，但即便如此，角落里的位置也比外面的好，店门正对着艾西内纳步行街，那是一条废弃的街道，连接着第九大道和中央公园入口。我点了杯威士忌配苏打水，接下来，遵照托托老兄给过的建议，我便开始清理脑中所有跟大主教宫的工作相关的思绪，细细打量起出现在酒馆里的每一个女孩，我当然指那些长得漂亮的，数量虽不多，但足以让我转移注意力。尤其是那一个，她身材纤细，眼神灵动，双眉颇具东方韵味，笑声挑逗又不失腼腆，她的样子迅速激起我强烈的幻想：没过几秒，我用手掌揉了揉眼睛的工夫，就看到这个女孩在我的占有和有节奏的进出与撞击下，双眼迷离，周身颤动，又看到她抵达高潮的一瞬间那副难以自持的表情，我几乎能听见她娇柔的呻吟声，像一只满足的小猫……幻想完毕，我的精神总算是获得了抚慰，甚至感觉到大腿间一股若有若无的热流，不过不用担心，尤其是在服务员把我点的威士忌配苏打水拿过来之后，我呷了一口，清冽劲道，顿时感觉自己终于恢复了神志，镇静了下来，又可以重新观察自己头脑中涌动的思绪了，同时保持疏离感，不与它们产生认同，这就好像在播放另一个人大脑中的影像，而我正带着几许漠然观看，这样的思维状态有利于安定心神，然而放松时刻没能持续太久，这时酒馆里进来一群人，我一眼就能看出他们来自我刚刚逃离的办公室，而我此刻一点也不愿意回想起那个地方，真是无礼，这帮人冷不丁冒出来，不光骤然破坏了我的好兴致，还迫使我问自己，我他妈的到底在干什么，为何要卷进这个烂摊子，跟个疯子一样在这座陌生的城市里暴走，就像刚才，我故意绕最远的路，以摆脱或许只是我想象出来的潜在跟踪者，虽然到头来，我还是选了这么一间鱼龙混杂的廉价酒馆，随便一个不法之徒进来就能轻轻松松制伏我。我绝不允许那帮所谓的人权捍卫者打搅我享用威士忌的雅兴，便又低头呷了一口酒，随即从外套内层口袋里取出笔记本，打算细细品味那些从文学的角度来看极其惊艳的语句，同时提醒自己，再也不会跟和托托老兄一样毫无感受力的诗人分享了，幸运的话，这样的句子我之后可以运用到文学创作的片段中去，但最让我感到惊艳的，是这些句子对重复手法及副词的使用，比如这个：**我所想的是我想……太他妈棒了**；或这句：**我们在如此多的折磨中如此受尽折磨……**我第一次读到时，跳动于其中的音乐感就令我困惑不已，其诗意之醇厚，让人很难相信它并非出自某位大诗人之笔，而是由一名印第安老妇口述，这句话出现在她所提供的证词结尾，证词内容让人揪心，但先不管这个了。这两句才真正值得贴在这家酒馆的墙壁上，而不是那些劣等诗人的倒胃诗句。我一面这么想着,一面收起笔记本,跟女服务生要了账单,最后看了一眼不远处那位激起了我的幻想、眉宇间流露出东方气韵的女孩。我往外走的时候,经过我的同事们那一桌,但没打招呼,我还在因为他们不合时宜的出现而心怀怨气,他们也没有跟我打招呼,虽然短暂的眼神交汇告诉我,他们也早已认出我来了。

第四章

太棒啦，总算让我找到了个俏妞。不是黛米·摩尔那种，我得声明，但她浑身上下都散发着迷人的魅力，体形匀称，面容姣好，言谈举止优雅自然，跟大主教区那群投身人类救赎事业、成天一脸愤慨的丑八怪没有任何相似之处。她出生于西班牙的托莱多，但绝大多数时间都居住在马德里，确切地说，是马德里的萨拉曼卡区，那可不是个穷人住得起的地方，她父亲是一位有声望的军队医生，是大将军佛朗哥的仰慕者和效忠者，她这样告诉我，不过不是在刚刚开始聊天的时候——没有人会这样自我介绍，更不是在时常挤满了所谓人权斗士的大主教宫庭院里。那一天，她正独自坐在喷泉的石头边沿上看书，沐浴着晨光：老天！我暗自惊叹，仙女下凡啊！我原本要穿过走廊去厨房取杯咖啡，可我当时就改变主意，立刻掉转方向走到她旁边坐下，径自攀谈起来，我先介绍了一下自己，随即问她这一整个星期都待在哪里，为什么我一直没见过她，直到现在才知道这里有她这么个人。她说她叫皮拉尔——也叫皮拉丽卡，马德里康普顿斯大学心理学硕士毕业，五个月前来到大主教区工作，主管是我的朋友埃里克，她同时也在上韦拉帕斯省的原住民区做调查，过去一个星期都在那里，所以我们两人一直没有碰到。几小时后，到中午了，我们一起穿过大木门，去中央公园报亭对面的素食餐厅吃饭，一边走一边闲谈，这是我第一次和别人一起离开大主教宫，却丝毫没有被跟踪的顾虑，这种感觉太美妙了，气定神闲地和一位外形美丽且看起来还挺聪慧的异国女士边走边闲聊，怎么想都觉得美滋滋的，另外，她常工作的地方距离我的办公室只有几米远，因此我很容易与她建立更亲密的关系。而我很快就发现，这一切可能来得太容易了，因为我们还没走到素食餐厅，身旁这位可爱女伴的某些言论已经开始让我怀疑，她很可能是个愚蠢的政治正确分子。这让我产生了防备之心，并随即想到，我们马上要走进一家素食餐厅这件事本身就是个不祥之兆，因为只有满脑子都是荒唐的抽象理论和时下流行的激进主义思想的人，才会放弃鲜嫩多汁的肉，而只吃索然寡味的素菜，这就是为何我一直没敢问她，为何选了那家店来共进我们之间的第一餐，我心存侥幸地期待她会说出类似于在这里待得水土不服导致消化不良这样的理由，但她没有，正如我担忧的那样，我刚随皮拉尔走进这家散发着腐朽宗派教条气息的餐厅，屁股还没坐稳，她就开始了一通关于反对肉食的长篇大论，说吃肉如何让她感到恶心，如何损伤她的身体，一一列举了摄入肉类会引发的诸多有害，甚至致死的健康问题。那套措辞，那副口吻，确实有军医和佛朗哥效忠者之女该有的气派，然而，人家在一次乡村之行后，摇身一变却又成了一名地方原住民的拯救者，据她所言，他们一行人曾去印第安人村落寻找目睹过政府军暴戾行径的证人，目的是帮助他们克服因为始终没能为死者举办传统哀悼仪式而产生的心理创伤，因为对原住民来说，最糟糕的状况就是由于一些不吉利的因素找不到亲人的尸骨，从而无法完成入葬仪式，为此他们的身心都受尽折磨。这个我很了解，我接上她的话，因为我在校对的档案材料就是讲这个的，边说边从灯芯绒西服外套口袋里取出笔记本，挑了一段跟她刚提及的话题相关的证词。这一段写得极妙，我把本子打开平摊到桌上，放在我的汤旁边，开始念给她听：**"孩子们问我：妈妈，可怜的爸爸在哪里？他的尸骨，也许在被太阳晒着，被风吹着，被雨淋着，他会在哪里呢？我可怜的爸爸，他好像是一只死在野外的动物啊。这是痛苦……"**我一边喝着汤一边读完，紧接着又找出当天早上读到的让我有触电感觉的一句：**"一群猪，它们在吃他，它们在翻拣他的骨头……"**我一边念着一边伸手去够我的桃金娘果汁饮料——这家餐厅不卖啤酒，想喝一口润润喉好继续读下一句：**"只让我看看骨头也行。"**然而此刻我却发觉，皮拉尔并不为这些句子所动，她错愕的神情和纹丝不动的身体均说明这一点，于是我决定收起笔记本，虽然在那之前还是把原计划要分享给她的最后一句念了出来，这次只念给自己听："**当尸体开始燃烧，所有人都鼓起了掌，随后开始吃饭……**"

我运气不错，第二天下午忙完工作后，就和皮拉尔一起出去喝酒了——谢天谢地，她不忌酒！去的是一个叫"对面小酒馆"的地方，这名字真是奇怪，因为对面除了一个理发店什么都没有，另外，尽管名字中有个"小"字，它实际上也并不小，墙上贴有数百幅写着革命标语的海报，夜晚则有现场音乐表演，有人哭丧着模仿古巴新游吟歌曲，也有人唱吉卜赛国王合唱团[1]风格的舞曲。我和皮拉尔到的时候，时间还早，店里只有稀稀拉拉的几位顾客，这样的氛围刚刚好，我们得以在喝着啤酒的惬意中聊天。我甚至一反常态，主动坦露了一些私人生活的细节，例如我在一个月前因为一篇文章而被迫离开自己国家的事。我在文章里说，萨尔瓦多是拉丁美洲第一个选出一位黑人当总统的国家，这段公开言论为我招来"种族主义者"的骂名，大半个国家的人视我为仇敌，尤其是那些有权有势的人，还有我的雇主。虽然我之后试图澄清过，说我并不是在讲总统本身长得像黑人——到底像不像大家自己看看就知道了，重要的根本不是他的肤色，而是他独断专权、拒绝听取反对意

1　吉卜赛国王合唱团（Gipsy Kings），法国南部的一支乐队，成立于20世纪70年代。

见的惯常作风。我这么跟皮拉尔解释着，这就是故事的始末，一个月前，我不得不离开萨尔瓦多，来到这个邻国，开始了我的朋友埃里克委托给我的编辑工作，还跟她成了同事。"你是怎么认识埃里克的？"她问道，弄得眼前的一切好像是我的坦白仪式，而不是朋友间一次惬意的喝酒聊天。我仅仅给了一个模糊的答复：在墨西哥认识的，当时我在流亡避难，而他在读研究生，随后，我立刻把话锋转向了她，这下轮到她滔滔不绝了。说说嘛，我肆无忌惮起来，问她的男朋友是否也在大主教区工作，本来只是打算出其不意地逗她一下，没想到，这句话竟碰到了她的伤心处。只见她先是突然怔住，随后竟难以自持地开始恸哭流涕，天哪，这场面太尴尬了，一名人类楷模正在为——我相信我没搞错——那所谓的爱情痛哭。很快，她发现可以向我敞开心扉，开始抽抽噎噎地倾诉起她的悲惨遭遇：那个男人叫翁贝托，他也曾在大主教区工作，两人是在这里认识的——"咦，你怎么知道？"但在三个星期前，男人去了西班牙的巴斯克，说要修一个政治学硕士学位。可这有什么值得哭的呀？我不客气地跟她说。不就是恋人出趟远门去学习嘛，任何脑子正常的人都不会为此哭哭啼啼的。除非他是跟别人一起去的，还跟那个人上了床，我这么说道，并开始感到不耐烦，没什么比一个哭哭啼啼的女人更让人心烦了。听我这么一说，她吸鼻涕的声音更加急促起来，连忙追问到底是谁把她的事告诉我的，好像这种单靠常识就能猜到的桥段还需要四处打听一样。我一面解释着，一面越发觉得不自在，服务生站在吧台后面远远偷听着我们——我们不需要再点啤酒了，白痴！我很想冲他吼出这么一句，而此刻皮拉尔情绪突然彻底失控，开始滔滔不绝地讲述那个男人如何从一开始就在骗她，而她最后明白过来，是在伊采尔——她那得手的情敌，不用说，也是同事——也飞去了巴斯克的时候，那对狗男女启程的时间仅隔一个星期，没有留给她一句解释，告诉她这一切是为什么。她还在抽搭，我趁机接过话说，当然是因为翁贝托两腿之间那个玩意儿啊！我摆出一副情感专家的姿态，拿出了自己准备得最好的一套讲道说辞：你不费吹灰之力就摆脱了一个毫无忠诚之心的无耻伴侣，想一想，这样的遭遇能让你重获自由，二话不说，立刻开始一段新的关系，在这段关系中，你全身心投入其中，先前背叛你的那个人根本没有这种待遇，他不配拥有这些——只要是聪明人都会为此心怀感激。说罢我冲她笑了笑，好让她明白我的意思，可是皮拉丽卡竟又抽噎起来，这次的哭态索性彻底失了优雅，也不考虑对我是否尊重。我只是想出来喝几杯啤酒，并借机尝试勾引一个看起来漂亮又聪明的女人，看来我的判断真是大错特错了，涕泗丝毫无法为漂亮加分，眼泪也跟聪明扯不上半点关系。我向白痴服务生打了个手势，让他再加两杯啤酒，同时感到一阵尿急，正要站起来去洗手间，却听到对面的她恶狠狠地从牙缝中挤出一句话：伤害她最深的是，她出于爱意借给她心爱的翁贝托一千美元，可他转眼用那笔钱替那个伊采尔买了机票。该死！我冲着正小心翼翼端酒过来的服务生脱口而出，你听到了吗？这个女孩竟然给自己男朋友的情人倒贴了机票钱！谁运气这么好啊，能遇到这样一位女朋友……突然，因为自己的愚蠢而交了霉运的女孩停止了抽泣，僵直地坐在椅子上，大梦初醒似的，一脸惊诧，眼看着就要恼羞成怒。我觉察到了，赶紧举起杯子向她敬了个酒，但那一刻脑海里想的不是她，而是翁贝托，从事态来判断，他可真是个精明的人，未来大有前途！还有伊采尔，这个肆无忌惮、为所欲为的女人甚至激起了我的幻想。我跟皮拉尔说，那个女人真是个人物啊，竟然拿着她皮拉尔的钱，和她皮拉尔的男友私奔了，这个计划太完美了，只有女人才想得出来。然而，我的同伴却阴沉着脸，不愿再搭腔了。眼下的处境让我左右为难：一方面，一个女人因为自己犯蠢而哭哭啼啼地向我诉苦，寻求我的同情，这类事让我厌烦无比；另一方面，一想到可以跟一个刚因自己的愚蠢而被抛弃的漂亮女人上床，我又兴奋得难以自持，跟她做爱的过程中，可以占她的便宜，这将会愉快之至。所以，我真的不确定接下来该怎么做：是要跟皮拉尔说，让我们快点结束这场哭哭啼啼的约会，赶紧结账各回各家吧，还是正相反，使出我的勾引术，把两人的关系继续往前推进呢？我敏锐的直觉告诉我，她也正在类似的两难之间迟疑不决：我笑她蠢，还是当着酒馆服务员的面，她毫无疑问被冒犯到了；但与此同时，她又确实需要陪伴，不愿意这么早就回家，陷入愁云惨雾的羞耻泥潭。正在这时，恰巧有两个也在大主教区工作的男士热情洋溢地来到我们面前，看起来跟皮拉尔关系不错，我之前见过他们，但不熟，两人毫不见外地径自坐了下来，还双双点了啤酒，这下倒是把我从适才面临的两难选择中解救了出来。我把这看作老天的旨意，今晚我得留在皮拉尔身边，因为在花了整整一个星期把自己关在办公室里、日夜埋头阅读那满纸酷刑和尸体描写的史料之后，唯有找个女人好好干一炮——如果可能的话，才能舒缓我的神经，滋润抚慰我的身体和心灵。

夜里十一点，我们打了辆出租，准备去往皮拉尔的公寓，在耳朵被连续灌了两小时的古巴新歌运动热门曲目之后，我的胸口已经郁结难耐了，唱歌的留着一头典型的非洲式长鬈发，在其影响下，皮拉尔加入了这个优秀的合唱队，这个托莱多女人在声嘶力竭地叫喊，好像这样就能挽回失去的一千美元和男友。而我呢，则独自气鼓鼓地大口大口喝着啤酒，同时还得努力不让自己的恼怒流露出来，直到卷毛主唱终于收了摊子，皮拉尔低头看看手表，发出一声惊呼"明天还得上班呢"，一脸小学教师斥责学生时常有的表情。她立马站起身来，喊服务生过来结账，此举让我对她刮目相看，鉴于她今晚喝了不少，眼神都迷离飘忽起来了，我猜想她或许得靠我搀扶着才能走出这家酒馆，然而这个预想并没有实现。我们一起上了一辆出租车，本来打算先开到她的住处，她下车，然后开到我的住处，我再下车，可这个计划也没有实现，车子到她家门口时，我也跟着下了车，借口说想参观一下她的家，顺便再喝最后一杯，如果她同意的话——她当然同意了。我忘记说了，皮拉尔是个典型的西班牙美女：体形苗条，臀部丰满，上半身略单薄，双眉浓密，鼻翼微微外扩，说话带些鼻音，且一张嘴就像连珠炮似的。只见她穿着一条格子短裙拾级而上，到了二楼便停下来，这就是她的公寓了。我尾随其后，双眼贪婪地盯着她扭来扭去的屁股，恨不得立刻抓在手里，但我知道，时机尚未成熟，尽管在对面小酒馆的时候，我们已经在眉来眼去，甚至有了一些试探性的肢体触碰。我耐心地挨着，直到两人走进厨房，她从冰箱里取出啤酒后，我才终于发起攻势，把嘴巴伸过去贴上她的双唇——她的双唇张得不够大，我不是很喜欢，同时双手抚摸着她的脖颈、后背，随后终于紧紧抓住了她肥美的翘臀，我按捺不住想用牙齿轻咬它们的欲望，一边不断亲吻她的嘴，也不松开正捏着她屁股的手，一边慢慢领着她挪到了客厅的沙发旁边，两人一同躺了下去。

我顺理成章地掌握着主动权，开始吻她小巧的胸部，继而大胆把手移到了她的下体，一步一步开始行动，每一步都是如此自然，然而，她接下来的反应却让我愣住了：像是突然记起了要小心色狼的警告似的，她转眼间化身为一名十五岁的贞洁少女，猛地把我推到一旁，缩回身子说了句："不可以。"随后，带着那有着两千年历史的罪恶感，她开始忙不迭地擦拭着下体，面部因痛苦而扭曲，嘴里一遍遍地重复着那句"不可以"。仿佛是为了说服自己，她又说自己和翁贝托的事情还历历在目，现在还不能跟别的男人做爱，希望我原谅，希望我理解，不是我的问题，只是她在忘掉翁贝托之前没办法跟另一个人发生关系，虽然她对我有好感，跟我在一起也很快乐，可她真的做不到。那一刻，我突然感觉全世界的疲惫感都向我袭来：觉得自己就像个进错了电影院的观众，不得已看了一场老掉牙的无聊片子，因为已经看过太多遍，闭着眼睛都能讲出剧情，这种疲乏汹涌而来，我都动弹不得了，甚至都打不起精神起身出门去找辆出租车载我回家。我应该这么做的，然而实际上，我只是瘫坐在她对面的一把椅子里，手里握着啤酒，无可奈何地继续看着她讲述这场关于滑头男友和背信弃义女同事的滥俗情感剧，她整个就是没完没了地哭诉自己的尊严是如何被践踏，一把眼泪一把鼻涕的。最后我只能回到沙发上，重新坐到这个抽抽噎噎的女人身旁，柔声安慰她，让她把脸靠在我的肩上，我则嗅着她发间的香味，是一种陌生的洗发精，气味强烈，说实话，甚至有些刺鼻，我安慰着她，能感觉到她双臂的肌肤是多么柔软，并由此慢慢地，开启了第二次尝试，期待着这新的一轮攻势可以冲破她的防守。我得承认，这次我花了更长的时间接吻，甚至终于使她的嘴张大到我喜欢的幅度，同时一只手伸进了她的格子裙，正要行动时，她抽出了我的手，低声说"不行"，但也并没有完全拒绝。难道一整晚我只能被迫停留在这亲亲抱抱的热身阶段？算了，我决定不绕弯子了，不由分说地直接扑到她身上疯狂亲吻起来，我他妈都欲火焚身了。她却突然一个激灵坐了起来，满脸羞愧地挪到沙发另一头。"还是不要吧……"她说，神情严肃，但并没有责备的意思。"那我走了。"我说。这时，她却软了下来，虽然并非我所期待的那种意义上的软，而是说"你别走，我不想一个人待着"，她需要人陪，说室友今晚不在——另一个在大主教区办公室工作的西班牙女孩，她去走访印第安人村落了，我可以留下来，睡在她室友的卧室，夜已经深了，还是不要冒险出去。她说着站了起来，拉起我的手将我带回房间。我默许了，暗自想着事不过三，第三次一定能成功，在她的床上做，当然最好了，顺便提醒自己，败兴而归可不在今晚的计划之内。于是我几乎没在那位名叫法蒂玛的室友的房间内停留，而是随皮拉尔径直来到了她的卧室：里面摆着一张大床，足以供两人在上面尽情翻滚嬉闹；但书桌太小，旁边的架子上则净是些标题吓人的书籍。我这样告诉她时，她正要进浴室洗澡，一定是在为接下来的床事做准备吧，我颇有信心地揣度着，我等待着，幻想她不一会儿就要穿着透明娃娃装性感内衣，最惹火的那种，从浴室走出来。等待的间隙，我开始翻弄她的物件，心里却翘首以盼着那个托莱多女人为我准备的美妙惊喜。因此，当我看到她穿着那件带有佛朗哥时期风格——恐怕只有旧时修道院里的人才会穿，这样新来的修女伸手也摸不到自己的私处——的睡衣走出来时，我惊得下巴都掉了，失声喊道："搞什么啊?!"我还从来没见过这种睡衣，这一定是她妈传给她的吧，她妈一定是个威严而苛刻的可怕女人。这睡衣分明就是件宇航服，就差一个防护面罩了，我心里想着，仍觉惊诧不已，还问了她，她这身太空衣下面不会还穿了贞操带吧，我这辈子都还没见过那玩意儿呢，让她给我看看，我乞求她，可她理都没理我，自己钻进了被窝，说她快困死了，让我把灯关上。

第五章

　　那天早上，我在位于恩喀斯大楼的公寓里醒来，全然没有预料到接下来这一天有什么肮脏把戏在等着我。我先是裹在毯子里一动不动地待了几分钟，半睡半醒间，把下体放进手心感受它的温热，又想起今天是星期五，心情大好，外面流动商贩们的叫卖声此起彼伏，一大早就从街口一路向上攀爬，轻松传到五楼，钻进了我的房间，这栋高屋顶、大窗户的公寓楼恰好位于第六大道和十一街的交叉口，是城市正中心的所在。我拉开窗帘，看到阳光倾泻在房顶上、楼宇间，目光所及之处，建筑物并不多，视野极佳，公寓内家具配备齐全，有清洁服务，有洗衣房，也会定期更换床单和浴巾，跟酒店差不多。我刚抵达这座城市就在这里住下了，租金是一个月四百美元，考虑到它的黄金位置，我认为还称得上划算，这里到大主教区仅需步行六个街区，我最钟爱的几家酒馆也触手可及，此外，安全保障也做得不错，门卫二十四小时在岗。我穿好衣服，洗漱完毕，吃下一碗酸奶麦片——健康第一嘛，随后给房门上了两道锁，穿过走廊来到电梯口，按了到一楼的键，来到大厅，先后跟女大堂经理和门卫道声早安，接着转身上了街，一面观察着来往的行人，一面沿着十一街朝第八大道走去，目的地是莱昂咖啡厅。那里有市里最好的咖啡，也是个可以安安静静读报纸的地方，从星期一到星期五，每次去办公室之前，我都会先来这里，坐在吧台旁，点一小杯特浓咖啡、两三根西班牙油条，抓起手边摆着的随便一份报纸来看。而这个星期五早晨，我拿到手里的是一份叫《二十世纪》的名不见经传的小报，浏览下来，都是些不痛不痒的消息，直到我翻开保罗·罗萨斯的专栏，猛然看见自己的名字：这个下三滥的作家竟然在毁谤我！他只不过数年前在墨西哥跟我碰过两次面，此刻竟在专栏里大谈特谈我向他透露过某某告诉我的关于另一个人十年前如何反对把某小说奖颁给保罗·罗萨斯的事，我看完惊得目瞪口呆，不光因为这纯属捏造，更重要的是，他如此处心积虑大费周章，就是为了向世人证明我是个泄密者，我本可以把这看作一条无关痛痒的八卦流言一笑而过，可问题是，眼下我所从事的这份工作极度敏感：我的工作内容是记录和揭发当地政府军对手无寸铁的原住民部落所实施的种族屠杀罪行！想到这儿，我差点被刚喝下去的咖啡呛了一口，油条也突然变得难以下咽。我意识到，这一定是总统护卫队向我发出的一条明确无误的信息，他们想让我知道，对于我来到这座城市、被卷入了什么勾当，他们了如指掌，实际上这也并不意外，毕竟政府军的情报服务高效异常；令人意外的反倒是，他们竟借一个以激进左派立场知名的三流作家之笔来传达这条信息，除我之外，目标读者也一定包括与我共事的神父，他们读到这篇暗示我是个泄密者的文章之后，自然不会再信任我的为人和我的工作了……我明白了，一瞬间心乱如麻，差点要一边扯开嗓子大喊，一边用拳头捶打莱昂咖啡厅的吧台。这个诽谤直击要害，不仅伤了我的自尊，而且害得我疑心病发作，咖啡也喝不下，油条也吃不完了，我结了账，气冲冲地朝大主教区奔去，我的朋友埃里克和那个叫米诺的小个子一定也看到那篇专栏文章了，搞不好甚至已经获取了更多的信息。结果他们两个都没在办公室，我正急着想抓住一个人说一说这个保罗·罗萨斯跟我玩的肮脏把戏呢！不光是因为自尊心受伤之后需要发泄情绪——我的自尊心的确深受重创，更是为了分析一下这个奸计会带来的后果，以及应该采取哪些应对措施，于是我把自己锁在办公室，开始给我那农夫兼诗人的托托老兄打电话。他既然算诗人，想必也十分了解当地文学圈的八卦，于是我在电话里提议，中午出来喝一杯，确切地说，是十一点、老地方，我骗他说正闹宿醉，难受得要命，半句没提保罗·罗萨斯的诡计。军队情报员们时刻监听着每一通打出和打进大主教宫的电话，这帮人害得我方寸大乱，我是不会让他们心满意足地获知自己计谋得逞的。其实，从早上八点半我怒气冲冲又惴惴不安地跨进教堂大木门，到十点四十五分从那里出来准备去往"小门户"酒馆，这段时间内我根本没能集中起精神去校对那一千一百页报告，我的脑海里只是不断闪过一个接一个关于如何回应那篇专栏文章的念头。一个平生只见过两次面的三流作家，竟然如此中伤我！我对他没有什么特别的印象，除了那光秃秃的脑壳，以及一杯酒下肚就暴露无遗的毫无涵养与愤世嫉俗，没别的了，他脑壳边缘仅存的几缕灰白头发，倒是毫不费力地让我联想到此刻正摊在眼前的报告上的一句话，我着了魔似的来回念了一遍又一遍，并迅速把它摘抄到笔记本上。它是这样写的：**白色丝兰[1]上沾着脑浆，像是被一棍子打出来溅上去的**。每念一遍，我的怒火就增长一分，一时竟神志恍惚，眼前出现一截晃动着的巨型木棍，几缕沾满脑浆的灰白头发随着它被甩到了半空中……三小时过去了，我仍然一筹莫展，在我的追问下，一个秘书告诉我，埃里克和八字胡小个子上午都不会来大主教宫了，两人不能过来，是因为今天跟大主教先生有个重要会面，这个消息立刻让我疑心更重了，我不能不担心，他们凑到一起的目的就是要讨论那篇中伤我的小报文章。不出所料，托托老兄果然跟我说他没看到那篇专栏，他比我早到，正坐在角落里的一张桌子旁

---

1 白丝兰是萨尔瓦多的国花。

等我，原来他昨晚才真是大醉了一场。"我才不看那些玩意儿。"他一脸不以为然，批评我浪费时间读那种小报，还如此在意一个搞房屋出租的人写的东西，所有人都知道他暗地里做着 G-2，也就是军队情报机构的眼线——果然如我所料；保罗·罗萨斯根本称不上小说家，而是一个在城里多个街区拥有房产的业主，其法定代表人兼收租人是一位律师，同他一起为军队做事。托托老兄这样跟我介绍着，此刻的酒馆仿佛还没从睡梦中醒过来似的，没有马林巴琴声，顾客也只有我们和一对懒懒地靠在吧台上的情侣，真是万幸。托托刚说的话，解释了那个老秃头写的小说为什么统统是关于游击队里的告密者和逃兵的。更可恶的是，此人曾两次加入左派游击队阵营，均在多数同伴被杀害的情况下，毫发无伤地全身而退，托托云淡风轻地说着，仿佛在描述一个从打印机里偷纸张的办公室勤杂工，而不是一个奸诈的诽谤者。而从托托刚才透露的信息来看，那人更是平添一股邪恶之气，我的疑心病眼看着又要犯了，尤其是听到托托接下来这句话之后："别瞎操心了，那些兔崽子要是真想警告你，至少得先让你好好尝一顿皮肉之苦。"这就是我最害怕的啊，走在街上总担心会冷不丁被杀手刺上一刀……他又接着说，所以啊，如果那帮人想给我些教训，实在没必要通过一个前列腺功能失调的秃老头，那老头估计只是想借那篇专栏文章惹恼我，仅此而已。他也的确成功了。我还没来得及对托托老兄的分析做出回应，却看到"鬼娃恰吉[1]"正从吧台处朝我们这边走来，那是一个矮小敦实的家伙，远远看上去像极了一只蓝眼睛的斗牛犬，他的部下，包括托托老兄在内，都拿电影人物鬼娃恰吉的名字当作他的绰号来打趣他，不只因为外形神似，还因为他年轻的时候曾主导策划过各种凶险的行动，自己玩命，也害许多旁人丢了性命，虽然他如今的身份是一个致力于宣传地方自治权的非政府组织的领导，备受尊敬。托托就是他的下属之一，负责处理公关事务。在他手中丧命的，包括十七年前试图抓捕他的四名士兵，彼时的他是一位天不怕地不怕的城区左派游击队队长，有一天跟搭档一起遭遇了突袭，被绑住手腕塞进了一辆吉普车的后座，士兵们以为这样就制伏他们了，没想到却在车里遭到恰吉及其战友的奋力反击，两人勇猛异常，最后四名士兵全部死在了吉普车里，而恰吉只丢了右手的小拇指和无名指。关于这一段冒险经历，我从托托老兄和英雄本人口中已经听过不止一遍，故事的主人公朝我们走来的时候，看上去已经喝了不少，我握住那只向我伸过来的右手，感受着断指处的纹理，同时听到他那句熟悉的问候语："嘿，基佬，干吗呢?"坐下后，他拍了几声响亮的巴掌招呼店员，仿佛他是酒馆主人。店员

---

1 恰吉（Chucky），"鬼娃回魂"系列电影的主角，是个连环杀手。

匆忙过来听令。随后，恰吉吐露了一条今天上午的最新消息：一小时前，在第九区，反对党总统候选人刚从一次袭击中惊险脱身。"不会吧？！"托托老兄惊呼道，亏他还是公关负责人，不光没读到攻击我的那篇专栏，对刚刚发生的刺杀行动竟也同样一无所知，而他的上司则对这两件事均已了如指掌，因为过了没一会儿我就听到恰吉说，保罗·罗萨斯是个嫉妒心很重的老浑蛋，丝毫不值得信任，像我正在做的这类敏感工作，是绝不会有人愿意托付给他的。听到这句话，恰吉在我心中从一个可爱的刺客一瞬间变成一位有真知灼见的智者。他随后绘声绘色地讲起，十五年前他率领的城区游击队也袭击过当时的主要反对党，即基督教民主党的总统候选人；不同之处在于，那次是一场误会，恰吉讲到这里忍不住乐得哈哈大笑起来：一天，从一处配有几十名保镖、守卫森严的豪宅之中，驶出一排装着有色玻璃防护窗的越野车，看阵势很像右翼组织内部的行刑队，那是个形势紧迫的年代，在未做调查的情况下，他判定这是一支意欲对大学出版社展开突袭的特遣行刑队，于是决定立即行动，冲着一辆驶出来的轿车开起了枪并投起了炸弹，行动结束后游击队安全撤离了，等到事后听广播，他们才知道袭击的是民主党派候选人、后来当选为总统的比尼西奥·塞雷索的手下。塞雷索福大命大，当天并没有在遭到伏击的那辆车上，所以毫发无伤；此外，他坚持认为该事件是右翼组织的行刑队所为，说到这里恰吉又大笑起来，但这次带了点挑逗意味。原来那个一直被他唤作"亲爱的"的女服务生，此刻给他端来了一盘纳豆吐司，看起来这位两眼正放光的斗牛犬帅哥时刻准备拿下那位小胖妞了，但想勾引成功，光有胆量还不够。于是，他继续讲着他过去亲历的那些奇闻逸事，这成功帮我转移了注意力，不再继续为那篇专栏文章心神不宁了，也不再想那个不知廉耻的秃头肥耳的狗腿子作家了。

同一天下午，我第一次跟大主教有了一次短暂的会面，地点就在我的——实为他的——办公室。他在八字胡小个子的陪同下进来，互相介绍认识之后，他开始询问档案校对工作的进展。此人体格高大健壮，那副不言自威的气派，立刻让人联想到意大利黑手党教父，或者梵蒂冈教会高层人士。我暗暗地想，这位有着意大利血统的大主教先生完全可以扮演《教父》中马龙·白兰度的角色，甚至可能会诠释得更加传神。这让我顿时对他印象大好，因为受小时候上慈幼学校的经历的影响，我头脑中的神父都是一副基佬样，目光奸邪阴险，宛若一只只披着教袍的乌鸦，跟眼前这位寡言而不失威仪的大主教没有丝毫共同点。他倒没问太多问题，而是好奇地盯着我手上的动作，我从来没遇到过这种情况，忍不住开始担心自己双手的动作会无意间暴露出内心深处的什么秘密，妈的，怎么突然感觉自己正在通过手势忏悔罪责似的呢。我向大主教解释道，报告可以被划分为四卷，前两卷分析屠杀给村民带来的诸多后果，第三卷解释历史背景，第四卷罗列出所有的屠杀及受害者姓名，这样安排，我补充道，会使那一千一百页档案更便于读者日后查阅，虽然我目前刚读到第二卷前半部分，但可以向他保证，这份报告质量很高。我这么说的时候似乎都忘了，眼前这位身穿紫色长袍的大主教早就看过此刻摆在我桌上的所有材料——这时，他注视着我手势的目光让我感到不适了，于是我把两只手臂收了起来，抱在了胸前。报告对事实的分析非常精准，搜集到的幸存者证词更是令人震撼，极其迷人，特别是文中所使用的表现力极强的语言，称得上一流的文学作品，我一边赞叹着，一边差点要掏出笔记本念一念那些让我无比振奋的句子，好让大主教和小个子米诺亲耳听一听，感受一下它们是多么琅琅上口。然而，那一刻我突然想到，他们若发现了我的摘抄本，可能会误认为我未经许可就抄取办公室数据，而这些数据是被明确规定不允许带出办公室的，所以我转而去拿桌上的几页报告原本，找到第一处被我画线的地方，念道：**"我有时甚至不知道，这满腔愤怒从何而来，也不知道到底该向谁发泄……"** 透过玳瑁镜框托着的两块有色镜片，大主教突然向我投来难以解读的目光，令我不禁担忧起自己是不是被他误会了：他一定在怀疑我无视史料中政府军对原住民所实施的反人类罪行、无视该口述史项目旨在揭发和控诉这些暴行的初衷，却像个疯癫文人一样，一心只知道从中搜寻优美诗句；他一定认为我罔顾报告内容而只关心其语言风格。想到这里，我决定不再念下去了，而是专心谈论报告的章节布置、社会心理分析，以及对幸存者所造成的不同种类精神创伤等内容，可大主教依然挂着那副无法解读的神情，一言不发，这让我紧张得要命，想想吧，谁愿意站在一个牢牢盯着你、只等着你忏悔所犯罪孽的神父面前呢？这恰恰就是我此刻的处境。不过话说回来，我倒还真有一件深感沮丧的事想抱怨一下：在大主教宫找到的唯一好看的妞最后竟然不允许我干她热辣的屁股！正在这时，小个子米诺突然说，他和大主教两人马上要去接待一个重要的国际组织代表团，这句话就像一阵突然响起的铃声，把我从眼看就要逃不掉的一场忏悔中解救了出来，而我最终也没能找到机会跟小个子聊一聊《二十世纪》今天早上发表的那篇攻击我的文章，也不知他会做何评论。

第六章

今天星期日，早晨我在床上一直赖到十点，中间迷迷糊糊的，有那么一会儿，我开始幻想皮拉尔，一边想一边试着打手枪，可惜精力没能集中很久，因为伊采尔的名字突然潜入我脑海中，她模样如何我无从知晓，但这个名字一路蜿蜒曲折地钻进我的脑海深处，激发起我的欲望，紧接着，法蒂玛的名字又跃入脑中，就是皮拉尔那位室友，还有几小时就能见到她了，我、法蒂玛，还有皮拉尔，我们三人中午会一起出去喝几杯啤酒，吃一顿秘鲁菜柠檬腌生鱼[1]，这是我星期五跟皮拉尔就约好的。星期五下午，我在大主教宫庭院碰到她，给她讲了我与大主教先生的短暂会面，当时，我仍在为大主教死死盯着我手上动作的举动，以及当天上午读到的一段证词而感到惊讶不已，证词内容很像我之前看过的一部小说里的场景。今天早上赖床的时候，那段证词重新在脑海中浮现，让我突然萌生一股冲动，想以它为素材，创作一个天马行空的故事，事实上，并没有这样的小说，

---

1 柠檬腌生鱼（ceviche），音译"塞维切"，下文有出现，知名秘鲁菜。

有的只是把它创作出来的欲望，我要反转口述报告中的悲剧故事，以那个惨死的人口登记员的幽魂为第一人称讲述者：现实中，他生活在一个叫作托托尼卡潘的城镇，其愚蠢最终导致他双手的手指被一根根尽数砍去，他眼睁睁地看着自己一截一截的指骨相继被削下，而身体则被士兵们死死摁在地上，骨头早已不知道被打断了多少根，那帮人只是想让他明白，别自以为聪明，忠于职守要有个度，这个度得取决于眼前这位领头中尉，而中尉早已有了决断，只见他举起大刀，一个干净利落的动作，托托尼卡潘人口登记员的脑袋便被横刀砍下，像个椰子一样掉落到了海滩上。人口登记处的简陋大厅已经溅满鲜血和脑浆，受害者在死去之前，曾多次拒绝向中尉提供城里死亡人口登记簿，天知道他为什么这么固执。中尉急需城里过去十年的死亡人口名单，意图把死人算成活人，添作投给里奥斯·蒙特[1]将军所在政党的赞成票，那个靠一场政变夺了权的杀人犯，现在不光需要活人投的票，还要死人的，以使自己的政权合法化，好让全国上下都对他再无质疑，关于这一点，托托尼卡潘人口登记员始终没能明白，甚至在看到一队士兵闯进家门，知道自己难逃此劫的那一刻，他也没有明白；即便在感受到锋利的刀刃正一截一截地削下

1　里奥斯·蒙特（Rios Montt, 1926— ），1982—1983 年任危地马拉总统、独裁者，内战期间犯下种族屠杀罪行。

他的手指，甚至被截肢时，他也没有承认登记簿在自己手上，虽然登记簿的确在他那里，被他埋到了家中庭院一角的某截树桩下，这是我的版本，因为口述史料里没有这么多细节，他宁死也不愿把登记簿交给当地驻军的中尉，我构思中的小说要讲的恰恰就是这个问题：托托尼卡潘人口登记员为什么宁可被折磨至死，也不愿向行刑者交出死亡人口名单？而小说的开头准备使用这一幕：中尉举起砍刀，敲开了人口登记员的脑袋，像敲开一颗椰子一样，他将从中挖出美味的奶白椰肉，而不是掺杂着血水、仍在颤动的脑浆，虽然后者对某些人的味蕾来说也是诱人的，我可以不带任何偏见地承认这一点，被一击毙命的那一刻，人口登记员的幽魂便开始张口讲述他的故事，总是用失去了十指的双手扶住他那碎成两半的脑袋，好让脑浆不流出来，看，魔幻现实主义那套把戏我也不是不会嘛。起头时，他说，他的魂魄会一直受苦，四处飘荡，除非有人把他的名字列入死亡人口登记簿，而这件事的困难之处在于，只有他知道登记簿藏在哪里。所以接下来的情节会围绕登记员的魂魄如何试图与朋友取得联系展开，讲他如何请求朋友们在不惊动军队的情况下，帮忙把他录入死亡人口名单；与此同时，这本小册子背后的历史及其重要性也慢慢被揭开，原来它已由登记员家族保管了上百年，他的父亲、祖父都曾跟他一样恪尽职守，总之，是一个充满悬疑与冒险的故事。这个星期日的早晨，当我还躺在被子下面、思绪像乒乓球一样四处乱蹦的时候，心里就在想，如果我是个小说家，而非这些野蛮罪行的口述史料校对员，就会马上着手把这个故事写出来。

快别犯傻了，我对自己说，随即便把被子推到一边，精神抖擞地从床上一跃而起，准备先去浴室洗个澡，好把刚才那些五花八门的幻想一劳永逸地冲掉，我决定不浪费精力打手枪了，也命自己不要再想那段永远不会变成小说的原住民证词。任何一个理智健全的人都不会再有兴趣创作、出版或阅读关于印第安人被屠杀的历史的小说了，真是够了，我竟然在休息日还像平时在大主教宫里一样心系着那些报告，就好像他们付我报酬是为了扫我周末的兴似的，我一边责备着自己，一边等待从淋浴喷头里出来的水慢慢升温，期盼着法蒂玛能跟皮拉尔一样漂亮，但最好不要有前一段苦恋遗留下来的斩不断理还乱的情思，我足足有一个半月没跟女人上床了，从抵达这座城市那一天开始，就被迫过上了这种可悲的无性生活，就好像他们在为培养我恪守贞操的习惯和美德做准备似的。我这样想着，走到温热的水流下面，真舒服，我往腹股沟处擦上香皂，时而扯两下下体，脑子里则细细盘算着衣橱里有什么可以穿的，我一定要穿得帅气十足又神采奕奕地出门，好让女孩们看见我就忍不住低声赞叹。为此，我挑了一件流行款式的鲑鱼红保罗衫，一条水洗牛仔裤，配一双棕色莫卡辛鞋。穿鞋的时候，毫无防备地，我听到街上传来五声枪响，震耳欲聋，从声音推测是一把口径9毫米的手枪，而且我确信是五枪，因为从听到第一声我就开始数了，然而，我下楼碰到门卫，他非说是六枪，活脱儿一个只会害怕，不知道留心观察的白痴，枪响的时候，他说他拔腿就从门口跑到楼里面躲了起来；而我则一个箭步来到了窗前，从五楼的窗户向外探视，鼻子里闻到一股从街上飘上来的弹药味，急切地想知道这场突如其来的事件背后的真相，毕竟我已经在这间市中心公寓里住了一个半月了，今天是第一次听到枪声，实在好奇难耐，因此一分钟之后我就下楼来到公寓楼一层大厅了，跟白痴门卫争论是五枪还是六枪也是从那时候开始的，他坚称是六枪，说是一场汽车追击，跟电影里的场景似的，追击的人从车里朝被追的车不断开枪示警，倒是没有人受伤，马路上也找不到发生过枪击的痕迹，说着说着我俩就走到了门口，从那里往外看，我发现一切似乎已经恢复了常态，流动小商贩们正在他们搭在街边的塑料帐篷下面安安稳稳地坐着，我走到一个卖盗版碟的摊子前，它摆在第六大道和十一街的交叉口，距公寓楼入口就十步远，我想问问摊主刚才看到了什么。"什么都没看到，我马上趴到地上了。"这个矮胖的拉迪诺人[1]回答道，都没敢看我的眼睛，估计是把我当作前

---

[1] 拉迪诺人（Ladino），中美洲国家常用的一种族群称谓，通常指西班牙人与原住民混血的后代，与梅斯蒂索人（mestizo）含义相近。

来调查取证的警员了，可我唯一想知道的是他听见了几声枪响，到底是认真听了的我所认为的五枪，还是那位忙着躲藏未必听清了的门卫所坚持说的六枪，摊主答说他也没注意，可能是五枪，也可能是六枪，他嘴里这样嘟哝着，态度极其含混，我决定纠缠下去，跟他解释说只可能是五枪，因为第一声刚响，我就开始出声数了，这是我在我自己国家的战争年代养成的老习惯，我出声数着"二、三、四、五"之后，"六"就悬在嘴边，没念出来，因为压根就没有第六枪，另外，我还敢打包票那是把9毫米口径的手枪，我的耳朵可不是一般的耳朵，不信我们可以沿街找找弹头，结果一定会证实我说的是对的，他们用的是口径为9毫米的手枪，听我说完这一番话，小贩只是装作听不懂，假装忙碌起来，拿起一块抹布开始擦拭他的盗版碟。今天的车辆比以往少，我穿过马路，在一家麦当劳店门口买了两份星期日报——不是那家我绝口不会再提的毁谤我的烂报纸，准备一边读新闻一边用早餐，顺便再向卖报的人打听下刚刚发生的枪击，没想到这个卖报员能提供的信息还不如刚才那个卖盗版碟的摊主呢，于是我继续在第六大道上阔步走着，享受着这大好晨光，不去理会满街的垃圾和飘浮在空气中的臭味，免得坏了我的兴致，同时为没有任何路人或商贩能猜到我此刻的心思而暗暗高兴，我准备去中心饭店，那里的本地自助餐是我在这座城市逗留期间每个星期日必选的早点，用餐过程中唯一的干扰是每隔一会儿就要响起的马林巴琴声，它总是不由分说地钻进人的耳朵，不过，这种干扰无论在哪家餐厅都能碰到，简直跟瘟疫没两样。

世界真美好啊！三小时后，第一眼看到跟皮拉尔一同出现的那位女士时，我忍不住发出这声感叹，她就是法蒂玛，那时我对她还知之甚少，但她一出现就牢牢地吸引住了我的目光，不只是我，其余六七个正懒洋洋地喝着啤酒的乡巴佬看到她也立刻做出一样的反应，这是一家名叫"典范"的塞维切餐馆，实际上就是个简陋的便亭，寥寥几把塑胶椅拥挤地摆在音乐学院小小的广场一侧，我略带嫌弃地坐在了这六七个乡巴佬中间，却同他们一起流着口水，眼巴巴地看着两个女孩绕过音乐学院的街角，穿过广场人行道，朝我们所在的餐馆走来，我早就知道两人分别是皮拉尔和法蒂玛，而其余的几个男人只是被眼前两个光彩照人的异国佳人弄得极其亢奋，盼望着她们能进来停留片刻，肯定会为店里增色不少，毕竟这里唯一能吸引人目光的，就是那台正播放墨西哥对阵阿根廷周末场赛事的电视机了。快进来啊，女孩们，你们的光临能让这帮穿着大裤衩、挺着大肚腩的傻帽美一番呢！要不是那群乡巴佬看起来不太好惹，而且又坐得太近，可以听到我说话，我差点都想用这句话跟两位女士打招呼了，他们眼睁睁地看着刚进来的两位小甜心分别亲了我两边的脸——这让我的日子都亮堂起来了，而那帮大肚腩的脸则迅速阴沉下来，他们齐齐向我投来嫉恨的目光，因为两位美人看都没看他们一眼，而是径直在我身旁坐了下来，一人一边，几乎是坐到了我的两条腿上，只有墨西哥跟阿根廷的球赛有助于减缓一下那帮人对我的嫉恨，但他们显然已无法集中精力看球，而是不时色眯眯地瞟向两位女孩，观察她们如何一边有滋有味地品尝着柠檬腌生鱼和啤酒，一边跟服务生愉快地交谈。我看到法蒂玛之后冒出的第一个念头，就是想吻遍她的全身，吻她粉嫩柔滑的肌肤，红色紧身牛仔裤下的完美曲线，薄纱衬衫里面若隐若现的诱人肚脐，顺着肚脐附近的一条绒毛小径，我的眼睛继续向下行进，而此时她正讲着她最近一次到高原村庄的走访经历，说在多年前，村子里的一半人口死在另一半村民的刀下——参与行刑的乡民一开始是受军队指使，但无疑他们自己后来也杀红了眼，这是那一千一百页档案中所记录的四百二十二场屠杀中的一场，那些档案此刻正摞在大主教的办公桌上，等着我第二天回去继续编校，但我现在根本不想去思考工作的事，只想顺着刚才那条绒毛小径，从肚脐一路下滑到法蒂玛丰腴的私密处，然后一头钻进去，这样就能躲开那帮乡巴佬不时向这边窥探的视线，也不用再听从电视机里传出来的球赛解说员的呐喊，更不必去想突然跃入脑海的那几百名原住民的模样。一两小时前，我正在中央公园慢吞吞地吃着早餐，悠闲地打发时间，周围则是几百位盛装庆祝的印第安人，在她们身上众多的喜庆色彩中，红色显得尤其活泼亮眼，在那一刻，这种颜色似乎跟鲜血与苦痛毫无关联，而只是眼前这数百位女佣幸福快乐的象征，她们正在宽阔的广场上享受着短暂假日，广场的外围分别是教堂、总统府，以及一些破旧的商铺。总体来说，那场灿烂天空下的漫步惬意而清醒，因为我意识到，在那群细长眼睛、褐色皮肤的女人中，没有一个能激起我的性欲，连半点跟性有关的联想都没有，而既然没有幻想的干扰，我就得以轻盈又敏捷地穿梭于她们中间，把注意力更多地放在这些民族服饰的布料质地和剪裁设计上。五颜六色的裙子把这些女人裹得严严实实的，一寸皮肤都露不出来；法蒂玛就完全不一样了，她那诱人的肚脐仿佛正冲我挤眉弄眼，幸好那帮乡巴佬没有发现。这会儿，他们正目不转睛地盯着电视看球赛呢，解说员把这场对决命名为"巨人之战"，嘶吼的嗓音引得两位女士都忍不住转过头去看。她们平时显然都不关心足球，但此刻店里激昂的氛围难以忽视，法蒂玛甚至还问了我一句支持哪个队，墨西哥还是阿根廷，我怎么会感受不到身旁那帮大肚腩乡巴佬对阿兹特克文明后裔流露的仇恨呢，因此立刻回答说，所有中美洲人都支持阿根廷，盼着它能打败我们可恶的大块头邻国墨西哥，我把话说得铿锵有力，以便过一会儿能在这两位女孩的陪同下安全离开。

第七章

最近发生了一件新鲜事：我终于认识了那位报告撰写人。我每日殚精竭虑编校的这一千一百页报告，其中一半就是他负责撰写的，此人名字叫作何塞巴，来自西班牙巴斯克，在大主教宫深受尊敬与喜爱，这是我的朋友埃里克和小个子米诺介绍我们两人认识时告诉我的，当时他们是这样介绍他的：这位巴斯克人原本是精神科医生，唯其如此，才能理解他为何会对这血污泥淖般的史料表现出如此巨大的热情与细心，换成任何一个脑子正常的人都会毫不迟疑地转头就跑。等到办公室只剩下我们两人了，我便一边向他展示我对原文做出的修改——其实他的初稿已经十分清晰和工整了，一边坦诚地把刚才那句话说了出来：这几百位原住民，全部因一场疯狂的战火与屠戮而饱受创伤，而面对这些幸存者提供的口述证词，也只有来自巴斯克的精神科医生才能做到如此数月如一日地潜心研究。我言语间毫不掩饰对何塞巴的由衷钦佩，随后，我一边翻阅桌上的几页史料，一边装作不经意地高声朗读起上面被标记出来的几个句子，也是一些我早已誊写到笔记本上的句子，比如，**"他**

被吓坏了，然后彻底疯了"，或者"那是我的弟弟，因为
受到太多惊吓，已经疯了；他老婆也被吓得咽了气"，或
者"我不是听别人说的，而是亲眼看到他是怎么被杀死
的"，或尤其让我震撼的这一句，**"我不想看着他们先杀
站在我前面的人"**。这些句子不光呈现了幸存者们的精神
错乱程度，还会直接威胁阅读者与研究者的身心健康，
但何塞巴是个例外，他看起来不仅十分健康，而且神采
奕奕，英姿勃发，身材高大挺拔，胸肌健美，跟我想象
中那些来到这片土地征服印第安人的游侠骑士一模一样，
这个念头很有意思，我忍不住顺嘴说了出来，那一刻他
正在问我觉得他编撰的报告怎么样，我再次称赞说，无
可指摘，非常好，毋庸置疑，报告一经问世，这个国家
的历史就会被改写，顺着这个话头，我又接着说道，真
是吊诡呀，一个外表完全符合典型西班牙征服者形象的
人，竟为保留印第安人关于大屠杀的记忆投入了如此大
的热情，没有冒犯的意思啊，我赶紧澄清，因为看到正
坐在办公桌对面的何塞巴不自在地挪动了下身子，一脸
谦恭，不住地抚摸着长满胡子楂的下巴，我刚才的奉承
显然让他感到不安了。你的稿子最让我钦佩的地方，是
将客观性与勇敢的人道主义巧妙地融合起来，我用一种
类似女性崇拜男性偶像时惯用的夸张口吻赞叹道，仿佛
我是法蒂玛，这个联想可不是无中生有，前一天下午，
我和法蒂玛一起走回她位于第二区的寓所时，就听她不

住地称赞何塞巴，这不由得让浮想联翩的我起了很重的疑心，虽然这个叫何塞巴的家伙已经结婚了，要说他很可能已经在这位女性崇拜者兼同胞面前，脱下了代表他虔诚骑士信仰的闪耀盔甲，我会毫不奇怪，因此，在闭门跟他在办公室谈论工作的间隙，我忍不住开始幻想法蒂玛出现在这里，看着她把门反锁上，转头立刻扑向骑士，仿佛杜尔西内娅附身似的，一边疯狂地亲吻着这位被她深深仰慕的男人，一边解开他的裤裆，掏出他的长矛，手嘴并用，热切地爱抚着它，不一会儿，就把它送进了自己的身体，亢奋地骑在了对方身上。而骑士则一直坐在椅子上没动，有这么一位美人伏在自己身上扭动、娇喘，他手足无措，仪态尽失，双眼迷离地看着头顶上方光秃秃的高墙，同时让视线尽量避开那个似乎正从高处紧紧盯着自己的孤零零的十字架，除此之外，他还要担心米诺或埃里克会随时过来敲门，继而发现他正处于如此恍惚的状态，或者我会突然回来，我不光要把他从美女身上揪起来，还要骂他竟敢在我的办公室里跟我的梦中情人颠鸾倒凤。这样的背叛瞬间令我怒火中烧，这股怒气不光针对这个西班牙人——他此刻正在给我介绍他所采用的社会心理学方法，还针对我自己的愚蠢幻想。我竟然会想象法蒂玛骑在何塞巴身上，而不是我骑在她身上，无论从哪个角度来看，分明都是后一种情形更美好啊！这时，在几声礼貌性的敲门之后，西西里岛教父

突然走进我的——实际是他的——办公室，我才猛地从
遐想中回过神来。大主教跟我们打了招呼，随后让何塞
巴陪他去一趟米诺的办公室，我在一旁暗想，这三人聚
到一起，一定是为了策划什么阴谋，谢天谢地，幸好没
算上我，整理这一千一百页档案已经够我受的了，可不
要再掺和进什么梵蒂冈高层密谋了。虽然，无法否认的
是，我对于自己冷不丁地被排挤出这个权力小集体——
我的朋友埃里克无疑就是其中一员——还是有一丝嫉恨，
仿佛大主教在研究过我的手势特征之后就开始怀疑我了，
又仿佛我的工作本身并不重要，对于我就报告发表的观
点，他也根本没当回事。"那我们午饭时见吧？"西班牙
绅士对我说，还在随大主教离开之前冲我眨了眨眼，对
于我被大家边缘化这件事，看来他已心知肚明，我猜他
一定在担心，我会把恨意发泄到他编写的报告上，比如
在上面乱写乱画——这个我当然没想过，两小时后在伊
梅里饭店见到他时，我就尽快向他做了保证。饭店位于
中央公园的另一端，那地方光线昏暗，白天去吃饭的有
办公室文员、低级别的政府官员、附近研究中心的学者，
以及像我和何塞巴这样的大主教宫工作人员。我跟他在
角落的一张桌子旁坐下，满怀期待地望着眼前这位优雅
绅士，等着从他口中听到一些精彩的内部消息，我急切
地想知道他们上午在大主教宫秘密商谈了些什么，以及
与那份报告相关、埃里克在我面前绝口不提的所有阴谋。

然而，时间一分一秒地过去，主菜都要点完了，面对我兴冲冲的提问，这位来自巴斯克的精神科医生却始终含糊其词，惜字如金。可能他生性就这样寡言谨慎，我一开始这样想，或者，这家宗教机构的领班们签署过严格的保密协议，就连对我这样值得信任的雇员都得保持十足地谨慎，这是我的第二个猜测，又或者，我没被邀请去参加上午的会，正是因为他们需要讨论我在多大程度上值得信任，而讨论的结果已经体现在西班牙人委婉拒绝回答我的问题这件事上了。想到这里，我一下子慌了，眼看着又要开始魂不守舍、疑神疑鬼。那样的话，我这顿饭可就吃不下去了，于是我立刻改变了话题方向，转而追问起同伴的个人生活。我明白他或许的确生性寡言谨慎，因此绝不会透露半分他在毕尔巴鄂从事过的政治活动，也不会提及他过去和现在都是埃塔组织的同情者这件事——老远就能闻到他身上散发出的恐怖组织的味道；他只会聊一些无关痛痒的话题：在这座城市吃得如何好、喝得如何好，随处可见的舒适酒馆，还有码头及河边废弃的工厂。但出乎我意料的是，不知道是不是因为看到邻桌终于空了，何塞巴突然一改方才的模糊态度，用一副仿佛是从我的朋友埃里克那里复制过来的共谋口吻跟我说，报告第二卷中缺失的那一部分文件极其敏感，因为里面详细解析了军队情报机关的运作模式，他压低了声音，生怕被饭馆里的任何一个客人听到，说他们在上午那场没有邀请我参加的会议中，讨论的就是这份军队情报解析文件，而得出的结论是，这份材料必须等到最后一刻，即付印的那一刻，才能被列入报告之中，这不只是出于安全的考虑，还因为我的朋友埃里克需要争取到尽可能多的时间去整理它，毕竟他是研究军队情报机关的专家，同时还要负责这份报告的全部协调工作，何塞巴如此这般地解释着，好像我不知道亲自聘请我的那个人的工作职责似的。其实我从何塞巴这番共谋的耳语中获得的唯一新信息是，那帮家伙果真不信任我，因为无论是我的朋友埃里克，还是八字胡小个子，没一个人有胆量亲自来找我，而是委托这位优雅的西班牙骑士来喂我吞下这个坏消息：由于某些时间安排方面的因素，我无法接触到，也不能参与校对涉及军队情报的那部分资料。跟我玩这种肮脏把戏，是可忍孰不可忍，于是我顾不上饭店女服务生此刻正在跟前换盘子，准备马上高声抗议，而此时那狡猾的西班牙人似乎预感到我即将发作，突然假装漫不经心地问起我是否知道"档案库"是什么，一脸纯真无邪的神情，好像他在讲的是一座儿童图书馆，或一格小孩用来保存解谜游戏的抽屉，他这个问题让我大为惊愕，此人怎能如此莽撞，我足足好几秒都没反应过来，不能在公共场合谈论"档案库"呀，更别说是在这家饭馆了——两条街开外就是总统府，也就是"档案库"总部所在之处，每天都有不少官员和专家从那间诡异的办公室走出来，来这家饭店吃饭，何塞巴竟把那间办公室的名字如此轻率地讲了出来，换作我，我是绝对不会以这样的方式说出来的，或者根本不会说，因为这时我看见女服务生正朝厨房走去，但在她伸手推开双翼弹簧门之前，竟回头鬼鬼祟祟地瞟了我一眼，就是这一眼，让我彻底慌了神，换作平时，我会把她的回眸理解成一个女孩对身边这位优雅绅士所流露出的合情合理的欣赏，但当时那个眼神只引得我恐慌症发作，手脚冰凉，浑身冒冷汗，血压一下蹿到云端，因为"档案库"实际上就是该国政府军用来策划与指挥政治罪行的军事情报办公室，而这些罪行正是摆在我书桌上的那份报告所揭露的内容，报告编撰人则恰恰是眼前这位口无遮拦的先生！他居然还如此镇定自若地等着我给他讲那个不能随便说的办公室八卦。我没来得及讲，因为正当我好不容易从惊愕中恢复过来，不再那么慌乱时，女服务生却在我们刚开始吃第二道菜之际端来了甜点和咖啡，这再次令我肾上腺素飙升。实际上，由于这家饭馆中午排队等着吃饭的人很多，服务生稍有催促实属正常，要是在其他时候，我都会这么觉得，但那天，服务生这么急迫只能说明一个问题，即这个女人是军队的眼线，监视我们已久，只待确认我们交谈的内容，就会去向政府告密。情急之下，我十分突兀地开启了一场慷慨激昂的长篇大论，令何塞巴大感意外，我说西班牙这个国家最让我赞赏的地方就是巴斯克人的抗争，我有些语无伦次，而这场抗争中最令人惊叹的，就是埃塔组织的谋杀策略，即从市民身后对准其后颈射击，以求出其不意，充分利用市民们手无寸铁的状况，速战速决，我的语气有那么一会儿竟做到了沉稳有力，这样一种暗杀手段只可能出自一位果敢而出色的战略家，他一定不允许行动中有半点失败的可能性，我认为，训练巴斯克青年在观念上认同、在实践中掌握这套不给被害者留任何反抗余地的完美战斗策略，终将在这些年轻人心中成功激发出最纯洁的民族主义情感，我补充完这一点时已经快接不上气了。此时女服务生正把咖啡杯摆到我们的桌子上，流露出一副什么都不知道的样子，虽然她已经什么都知道了。何塞巴则一脸错愕，似乎一时无法判定我究竟是成心挑衅，还是在说疯言疯语，殊不知我如此颠三倒四的唯一动机，是避开那个让我感到惧怕的话题，只有这样一通荒唐的胡言乱语才能抵御恐慌的发作。而在看到我的同伴不知为何显得十分尴尬后，我立刻转而谈起西班牙社会包容而民主的可贵氛围和他们开明仁厚的君主立宪制，坚定地让一个从种族屠杀中幸存下来的印第安妇女登上了他们国家最畅销的杂志，也正是因为有那些屠杀，我和何塞巴才得以谋到这个差事，有机会挣这几个钱——他应该挣得比我多，我有理有据地猜想着，毕竟无论是在工作量还是专业知识的积累程度上，他都胜过我。我赞叹着西班牙王室和欧洲王室的人道主义精神，他们不仅以最高规格接待了那个印第安女人，而且跟她合了影，甚至把照片发表在了《你好！》杂志上，想象一下，一个胖胖的印第安妇女被一群国王、王子、侯爵和伯爵紧紧簇拥着，美好得简直像个童话故事！我一激动便又开始语无伦次了，面对那么一个印第安女人，换作我们现在身处的这个国家，任何所谓体面、有声望的白人家庭都不可能给她开门，连厨房的门也不行，除非她是来卖玉米饼的，但那个印第安女人可是国际顶级奖项获得者，也是她所在国家唯一跟欧洲王室一同上过《你好！》杂志的公民，真的太了不起了，我一边对何塞巴说着，一边听到自己的声音几乎失控了，登上《你好！》杂志可是一个公众人物所能梦想的最高荣誉，住在这个国家的高傲白人阶层一定无法原谅那个胖女人，因为他们此生都没有机会看到自己的照片出现在那份享有盛誉的杂志上，不过话说回来，我最近翻看《你好！》杂志，印象最深的反而是与菲利普王子约会的那位挪威女郎，我的上帝，那模样，简直是天生尤物啊！我一边跟何塞巴说，一边起劲地咂巴着嘴，心情倒是放松了一些，在《你好！》杂志上刊登过照片的所有公主中，找不出一个足以跟菲利普王子挑选的那个北欧女孩媲美，我吐出这最后一句时已经快没力气了。而此时何塞巴刚好站了起来，示意我们去前台把点的菜取消了，一脸难以捉摸的神情，而另一边，鬼鬼祟祟的女服务生一手推开弹簧门，走进厨房不见了。

第八章

我躺在床上，新俘获的美人正在一旁酣睡，脑中突然浮现的一个念头让我眼前一黑：地狱其实存在于脑中，而非肉体。正如我此时所感受到的，地狱在我无一刻安宁的翻腾脑海中，而非汗津津的身体上，否则就无法解释我现在的状态：我躺在自己位于恩喀斯楼的公寓里，触手可及之处，就是法蒂玛那晶莹剔透、宛若凝脂的肌肤，可我却偏偏无法消受。换作往常，这样的肌肤定会带给我无限的感官愉悦，但此刻，它却令我陷入巨大的焦虑不安之中，我甚至愿意付出一切以换她未曾来过这里，宁愿我和她之间什么都没有发生，宁愿眼前的场景只是我无数幻觉中的一个。可事实并非如此，想到这里，我在床上辗转反侧，毫无睡意，苦闷一点点啮噬着我的胃：不，这具令我垂涎已久的肉体啊，原来只是告诉我，快乐是多么脆弱，多么易碎、易逝，我责备着自己，内心难以平静，身体也无法找到一个舒适的姿势，睡不着，也放松不下来，只能两眼怔怔地看着窗口，透过半掩的窗帘，听着夜幕下各种可疑的声音钻进房间。身旁这具令无数男人垂涎的肉体，对我已经失去了吸引力，因为一小时前，她突然直白地问我，是更想让她舔，还是帮我撸，这一下把我问愣了，因为我们在公寓沙发上只激情亲吻和互相抚摸了三分钟——可能多几秒，也可能差几秒，她手里已经握住了我的老二，我则把中指插进了她的下体，下一步自然就该是两人都脱个精光，舔遍对方全身，直到完成这场性爱活动，然而，她却提出这么一个不体面也令人猝不及防的问题，问我是更倾向于让她用嘴还是用手，仿佛之前发生在那个名叫图斯特皮托的破酒馆里、随着夜幕降临而开启的一系列表白、抚摸、亲吻，都只是为了此刻听到她提出是要用嘴还是用手的问题，这让她看起来更像是个在为已经兴奋起来的客户展示服务菜单和价格列表的精明妓女，而不是那位我自认为是靠施展个人魅力勾引到手的西班牙俏丽女郎。天知道我当时脸上是什么表情，但很快又听到她斩钉截铁地表态：她压根没打算跟我做——该死！——因为她有个深爱的男友，他明天就要到这个国家来了，她永远不会背叛这位男友，虽然说出这句话的时候，她手里还握着我的老二，鉴于此，我现在只能从她用嘴或用手这两者中做一个选择，她重申道，而不是依惯例脱掉衣服上床把自己交给我。用嘴吧，我说，因为实在不想就这样干巴巴地硬着，这个状态维持下去着实不舒服，连起身走路都困难，虽然最美妙的时刻已经错过了。因为在我占有欲望最强烈的绝妙时刻，她却提出了那么个不体面的问题，让一切瞬间烟消云散，这使她看起来更像个专业性工作者，而不是一个被我哄骗到手的女人，我低头看着她用嘴巴含住我的老二，吸吮起来，她动作剧烈，缺乏节奏，害得我开始担心自己会被咬伤，留下一排齿痕，所以我告诉她慢一点、轻一点，把手放到她头上，并没有完全聚精会神地享受她本应带给我的快乐，而是在试图弄明白帮我舔和被我插之间的区别。她以选择前者来确保自己对男友的忠贞——那男友次日便会抵达，而我也是刚刚才知道此人的存在，可是，对这两者的区别，我感到实在费解，不一会儿，我更加不解了，因为当她试图讲话时，却不把我的老二从嘴里拿出来，于是发出了类似于"呼——呼——哗"的声音，她两眼热切地看着我，嘴巴却丝毫不减慢速度，一遍一遍地从嗓子眼里发出"呼——呼——哗"的声音，眼神中充满焦灼。直到我说我听不懂啊，先拿出来再说话，她马上照做，抬起头清楚地重复了一遍刚才在我听来是"呼——呼——哗"的话，原来她是在问我："舒服吗？"坦白讲，眼下的状况远远超出我之前的期待，法蒂玛提出那个问题，用的是年轻妓女的顿挫语调，仿佛刚开始营业，一副急于讨好客人又担心自己对新近学到的技法运用不精的模样。"呼——呼——哗"，我自己把这三个音念了一遍，感觉颇为新奇，与此同时，她重新把我的老二塞进嘴里，继续用刚才那样让人眼花缭乱的手法摆弄起来，由于从未碰到过如此令人尴尬——或随便哪个别的形容词——的情形，我实在是无法让自己完全投入其中，尽情享受她卖力的吸吮，不过万幸的是，我始终保持着坚挺，没有软下去，否则真的不知道该怎么收场了，然而谁承想，我由心不在焉变得不愉快起来，随着一股刺鼻的气味扑面而来，我的游离状态迅速被一阵强烈的恶心所取代，原来是她越舔越兴奋，便突然脱下了还穿在身上的衣服，包括那双军靴和里面厚厚的袜子，我始终觉得军靴、厚袜搭配她身上那件凉裙十分俗气，毫无魅力可言，不过她身边多数欧洲同事都这么打扮，我只把这当作一帮小女生的怪念头一笑了之，但此刻这身打扮却忽然有了险恶的意味，因为那双靴子散发出的恶臭仿佛要把我的鼻腔扯成碎片，继而引起一阵剧烈的反胃，显然这股气味一直紧紧附着在她脚上，远远望去，那双美足的确诱人，而现在我是连看也不敢看了，脑袋不由得向后仰，抵住沙发靠背，双眼紧闭，看似正深深沉迷于感官享受而难以自拔，实际上我是在脑海中拼命搜寻各式各样的画面和思绪，拼命想抓住它们，好不被法蒂玛那股来势汹汹的脚臭击溃。唯其如此，才能解释我竟记不起确切是在哪一刻，她突然停下嘴里的动作，然后骑到了我的腿上，一定是我完全走神了，否则不会连她已经骑到了我身上都没有发觉，而当我意识到并想做出反应的时候，老二早已被她塞进了下体，我唯一能做的就是把她上身揽过来，让我的脸紧紧贴住她的脖子，因为只有这样才能最大程度过滤掉那阵难以忍受的恶臭，到那时我小小的公寓客厅已经充满这股气味了，最惨的是地毯，为了更好地用力，她骑着我的时候两脚不断蹭来蹭去，地毯沾上的气味怕是再难清除了。值得庆幸的是，血量供应并未因此减弱，如果这时软下去，那真是要走投无路了，我的坚挺使她得以继续在上面如痴如醉，而即便我用尽一切办法让两个鼻孔紧紧贴住她的皮肤，脑子里仍然有若干个念头正像乒乓球一样来回跳动：从一开始斩钉截铁地拒绝跟我上床，到现在娇呻连连地迎接高潮；从问我想要她用嘴还是用手，到一边吸吮一边含糊不清地重复着那句"呼——呼——哗"；从她脚上那双老气的军靴，到第二天就会到来的男友……乒乓球跳动的强度随着法蒂玛接近高潮而不断加大，终于，她抵达高潮了，一声一声冲我喊着"亲爱的""我亲爱的"，仿佛我是她思念已久的男友，然而，我最迫切的愿望却是她能赶紧从我身上下去，好让我立刻去卫生间找空气清新喷雾。自然的奥秘真是神奇，女伴已经心满意足且精疲力竭，而我却依然坚挺地勃起着，与此刻的精神状态完全不符，法蒂玛发现后惊呼一声"天哪，你怎么还没射！"，说罢再次把它含在嘴里，我暗暗骂自己为什么没有勇气把她推开，我恨透了自己这种总想给别人留下好印象、生怕伤了和气的臭习惯，它害得我根本不敢开口让她停下来，不敢对她说：这一切都是个误会，赶紧停下来，去卫生间冲个澡吧，我去把床收拾一下——虽然我内心深处更想做的是直接叫辆出租车，立刻把她送回家。实际上，我什么也没说，而是任由她摆布，直到我突然意识到，赶紧射出来才是最明智的选择，否则太伤身体，好了别瞎想了，忘记周围的一切，专注地享受她的口活，算是为自己耗费在这个荒谬之夜的心力挽回一点损失，再僵持下去我的老二就要痉挛了，可惜，我醒悟得太晚了，没一会儿，她就从嘴里抽出我已见疲软的老二，说她累了，要不还是去卧室躺下吧，我点头表示同意——事情显然完全不在我的掌控之中。她故作俏皮地挪着碎步走在我前头，我从后面看着她曼妙的身姿，却丝毫提不起兴致，一想到她的脚即将把我的床弄得臭气熏天，心里就烦闷不已——还得申请提前换床单，今晚过后，这张床就不再是我之前的那张了，尤其是在她爬上去一躺下就立刻讲起了她那次日便会到的男友的事之后。她说他是位驻扎在这个国家的乌拉圭少校，隶属于联合国，任务是监督政府与游击队所签署和平协议的履行进度；说他性格温和亲切，并猜他此刻一定在纽约的某家酒店收拾行李，迫不及待地想见到他心爱的女人呢——明天会去机场接他，此刻却一丝不挂地躺在我身边的女人，她亲昵地称呼他为 J. C.，他喜欢别人这样叫他，法蒂玛解释道，虽然他的全名叫胡安·卡洛斯·梅迪纳，带上头衔的话，是胡安·卡洛斯·梅迪纳少校，但他更喜欢朋友们及法蒂玛称呼他为J. C.。J. C.，我跟着默念了一遍这两个首字母，心里不禁七上八下起来，法蒂玛则继续滔滔不绝，讲她过几天就要跟J. C.搬到一起住，这是他们两人已经商定好的计划，她要先回皮拉尔的住处把自己的东西清出来，再转移到J. C.在第十四街区租下的一处公寓，那是城里最好的街区，公寓又宽敞又摩登，这次搬家——法蒂玛一边絮叨，一边在床上缩起了身子——违背了她的某些原则，尤其是涉及她工作内容中有关原住民贫穷与苦难的那部分，此外，富人区公共交通线路稀少，这也让她担忧会给生活带来不便，但跟J. C.比起来，所有这些都不重要；她继续说，脸朝下趴在床上，毯子只半掩住后背，J. C.真是个无与伦比的好男人，比她年长十二岁，成熟稳重又通情达理，两个人会毫无保留地分享各自生活中的一切，包括"平行邂逅"——法蒂玛用这个词来指代出轨，因为他们经常两地分居，J. C.在纽约联合国总部上班，而她要去高山区做调查，法蒂玛一边说一边打起了哈欠，迷迷糊糊的似乎就要睡着；虽然到目前为止，在这段已经维持了七个月的关系之中，只有J. C.坦白过他所经历的一次无关紧要的"平行邂逅"，法蒂玛对此表示了理解，并且原谅了他，而她自己还没有什么需要坦白的。你不会把我们这次告诉他吧？我谨慎地低声问道，光得知此刻躺在自己身边的竟他妈是一位军官的女人这一点，就已经把我吓得魂飞魄散了，我好像突然踩上了一架刹不住的恐怖雪橇，拼命想抓住哪怕一小截树枝。可法蒂玛看都没看我，脸颊枕在两只交叉的手掌上，说：当然要告诉他啦，这是两个人的约定，永远对彼此保持完全的诚实和无条件的信任，而且她自己平生最厌恶的就是隐瞒事实和撒谎了。我想当然地认为她在开玩笑，在打趣我，所以就没转过头去看她，也没有劝她保持缄默，可她的口气却又丝毫不像在开玩笑，她早晚会把我跟她的事吐露给军官男友，而军官会跟所有被戴了绿帽子的男人一样，愤怒到丧失理智，甚至会更糟，因为这是一位习惯使用武器解决问题的男人，他就算不会给法蒂玛一枪，也极有可能会给我一枪，或者给我们一人一枪，我越想越害怕，思绪像被卷入一阵极速扩大的旋涡。我准备恳求法蒂玛，别犯傻，别说漏了嘴，诚实并不总是明智的，有时甚至会招来杀身之祸。很显然，军官故意把她骗进他精心设计的这个"坦白一切"的邪恶游戏中，而她不光会毁掉我的声誉，还会极不负责任地将我的性命置于危险之中，我想劝法蒂玛不要天真，要有点常识，却发现她已经没心没肺地打起了呼噜，身体缩成一团，沉沉地进入了梦乡，留我在那里独自痛苦，压抑地承受着内心的翻江倒海，游走在崩溃的边缘，无奈之下，我只得起身关灯，再蹑手蹑脚地回到床上躺好，好像这样就可以不被发现，就可以一下子彻底抹除这个夜晚……多么错误的一个夜晚啊！除了折磨，什么也没体验到，肉体的享受最终只沦为把自己抛入精神炼狱的脆弱幌子，这一点我一开头就说了。躺在这个充斥着可疑声响的黑洞洞的房间里，我明白了：我的命运已经掌握在 J.C.的手里了，他会毫不费力地杀了我，再把责任推脱给当地的军队，因为我刚好在编校那份揭发当地士兵屠杀所谓本国同胞的一千一百页报告。或者，情况会更糟，我边想边在床上翻了个身，军队情报员可能已经得知了我和 J.C.女友的"平行邂逅"，他们正准备除掉我，然后把我的死因归于一场情杀，这真是个一石三鸟的绝妙计策，警示的对象一下子涵盖了大主教区众神父、联合国的军事观察员团队，以及来自西班牙的调研队，三方中的每一方都在想方设法找当地军队的麻烦。我无比清晰地感受到了自己深深的恐惧，似乎听到死神在近旁喘息，而身边这位睡美人的鼾声就如同宣告黑暗使者即将到来的号角，唉，多么荒谬的联想，因为恐惧会扭曲一切，我只觉得心跳加速，汗流浃背，血压一下蹿到了云霄，毋庸置疑，我这次真的惹祸上身了。我躺不住了，猛地从床上站起来，心慌意乱地走到了客厅，在里面踱来踱去，感觉自己仿佛正被困在殓房里，在这个漫长诡异的黑夜，听着死神派来的使者在床上鼾声大作，直到我感觉自己可以一口吞下一杯三桶熟成[1]的威士忌——可惜家里没有这东西，或许，我可以服用一份强剂量的溴西泮。几个月前，医生给我开了这种安神药，嘱咐我早上服 1.5 毫克，晚上服 1.5 毫克，那时我因为那篇点评我们国家第一任黑人总统的文章惹了麻烦，不得不流亡国外，精神由此受了打击。但多数时候，我能不吃就不吃，也不会按医嘱的剂量吃，因为很怕形成药物依赖，而且我知道自己这种强迫型人格一定会吃到中毒。我吞下了两颗 1.5 毫克的药丸，之后，手里握着水杯，坐下来开始阅读那一页长长的药品说明，想转移一下注意力，暂时不去想我与法蒂玛共度这一夜之后可能要面临的后果，等待焦虑稍稍缓和，就可以再回床上睡觉，而根据药品说明书，该安神药在服用半小时后才会生效，所以接下来的半小时我还是无法入睡，情绪依然低落，我只得狼狈不堪地瘫倒在沙发上，拿起放在旁边茶几上的笔记本胡乱翻看起来，试图把注意力转向别处的声音、别处的故事，但我一打开，映入眼帘的第一句话就让我变得更加慌张，那是我离开大主教区之前记下的最后一句话：**等我死了，都不知道谁会来埋我。** 这句话出自一位被逼至绝境的基切族[2]老人之口，军队杀了他的子子孙孙、侄儿侄女，以及其他所有家人，老人被

1　三桶熟成，威士忌的一种陈酿方式，指一款威士忌共用了三种桶进行陈酿，概念与双桶类似，目的是增加威士忌的复杂度。
2　基切族（Quiché），美洲原住民族，主要分布在危地马拉，为玛雅人的一支。

逼到如此绝境，以至于在口述记录的最后感叹了这么一句：**等我死了，都不知道谁会来埋我。**可怜的老人，我瞬间联想到自己，感觉到这句话像一只黑色蝴蝶猛然扑到了我的脸上，如果 J. C. 或者所谓军队情报专家决定除掉我，我也不知道谁会来埋我！我要是真出了事，不会有人来替我收尸的，我悲伤地想着，不管是祖国所剩的寥寥几位亲人，还是我在这异国他乡结识的朋友，谁都不会来给我收尸的，我哀叹着，陷入深深的自我怜悯，也许只有我的托托老兄会出于兄弟情谊组织一次筹款，好弄到足够的资金为我办一场体面的葬礼，否则，我这把骨头会被一直扔在停尸房，直到某个学校的医学系将之买走，用作他们解剖课程的实验品，我想到这里，不禁眼泪汪汪，忧心忡忡起来，感觉自己被逼到了一个绝境，我承认自己并未经历过那个原住民老头所经历的痛苦，但又确实感觉自己跟他一样孤独、无助，即便此刻卧室的床上正睡着一个女孩——那个曾让我极度渴望的女孩，她占有了我，而我却没有从她身上获得一丝一毫的愉悦，反而被她的轻率鲁莽害得生死垂于一线。我回了房间，钻到被子底下，试着调整呼吸，尽量专注于感受空气从鼻腔进出的节奏，不去理会法蒂玛的脚臭，因为我现在有其他要担忧的事情，我下定决心，静静等着脑中那只乒乓球跳动的频率越来越慢，越来越慢，直至我终于进入了梦乡。

第九章

那天上午，当我获知，我不时会在大主教宫走廊碰到的那位神秘的俏丽女士，原来正是我最近在校对的一份证词的口述者时，我简直大吃一惊！那份证词十分令人震撼，我甚至无法一次读完，不得不半途走出大主教宫，到庭院里透口气，晒一晒早晨的阳光。皮拉尔刚好也在院子里，正坐在喷泉边一面享受着清晨的阳光和新鲜空气，一面整理笔记，当她告诉我，此刻从光线昏暗的走廊中穿过的那位女士，就是我正颤抖着给她讲的那份可怕证词的主人时，我大吃一惊，因为证词的内容着实骇人听闻。她回忆了十七年前的一段经历，那时军队正在镇压市中心的一起学生抗议活动，十六岁的她被逮捕，随后被带到警局的地下囚室，在那里，她遭受了最惨绝人寰的凌辱，包括每天被一众警察轮番强暴。证词中含有大量细节描写，读来令人毛骨悚然，逼得我不得不走出大主教办公室，跑到外面去呼吸点新鲜空气，好让情绪稍微平复一些。"特蕾莎人很好，要不要我介绍你们认识一下？"皮拉尔问，露出好看的笑容，头顶是令人安心的晨光，而我却只能带着一副痛苦的表情回答说，不到五分钟前，我还在校对特蕾莎的证词，她在其中详尽地回忆了自己是如何遭到军官们最惨无人道的强暴的，因此我现在最害怕的就是直面她本人，我都能想象她身上绑着绷带，浑身是青肿和血淋淋的伤口的样子，我能想象女孩那张被施虐者野蛮殴打过的脸，后者的目的是逼她承认她加入了游击队，并交出其余队员的名单，虽然这帮浑蛋分明知道她并不是游击队员，她被抓只是因为有一个为工会辩护、几个月之后被杀害的劳工律师母亲，这是特蕾莎自己在证词中讲的，她经受了地狱般的虐待：连续一个星期被关在牢房里，每日被殴打，被强暴，阴道和肛门均被严重撕裂。据她在证词中所说，每天像恶狼一样一个接一个扑上去蹂躏她的军官总共有六个，此外还有一个领头的中尉，名字叫奥克塔维奥·佩雷斯·梅纳，如今特蕾莎已经在档案照片中指认出了这个军官；但在被囚禁的那段日子，此人在她眼中是个面容和蔼的男人，他不停地劝她，只要坦白一切，他就下令让他那六个手下停止殴打和凌辱她，特蕾莎这样在证词里回忆着。那时候，奥克塔维奥·佩雷斯·梅纳还只是个中尉，但之后就会升为军队情报机构负责人，这个机构对待囚徒的手法就是酷刑，到了十七年后的今天，他已经是万人瞩目的将军了，耀武扬威地跟在大主教官走廊里散步的特蕾莎行走在同一座城市，而特蕾莎在辨认出他时，感受到的也是无异于十七年前的恐惧。"谢谢，不过还是改天再介绍吧。"我回绝了那个托莱多女人，与此同时脑中一直盘旋着"想象力是一只发情的母狗"这个念头，却不知为何那一刻脑中会闪现这样的念头，因为此时明媚的晨光倾洒在清凉的庭院里，一切都跟想象力或者发情的母狗毫无关联。后来我才明白，这个念头的浮现跟穿行在阴暗走廊中的那个女人没有关系，只跟我有关，是我突然想到了一个女人被轮番强暴后严重撕裂的下体，几分钟前，正是这样一幅画面迫使我不得不暂停校对那份讲述少女如何被反复蹂躏的报告，扔下纸笔飞奔出办公室，它猛地闪现在脑海中时，我只觉自己顿时汗毛和灵魂都倒竖起来，焦虑到再也读不下去一个字，只想逃到院子里去寻找阳光和空气，好驱散那个恐怖的画面，可惜没有成功，皮拉尔在一旁滔滔不绝地列数着工作中遇到的麻烦，而我再次感受到那位饱受摧残的少女正不断打着寒战，被奥克塔维奥·佩雷斯中尉拖拽着，艰难地在囚室中挪步，女孩的阴道和肛门被损伤，整个人几乎无法行走，而且她那时并不知道自己已感染淋病，更不知道已经有罪恶的精子进入她的子宫，一颗胚胎正在发育，她只是被吓坏了，以为中尉要把她带到处决政治犯的刑场杀掉，当她拖着自己这具浑身布满淤青的身体哆哆嗦嗦地迈进屠宰场时，抬头见到的只是一具吊在房顶的尸体，一丝不挂。是个负责运送武器的萨尔瓦多游击队员，中尉向她解释道，只见那人身上四处渗着血，流着脓，散发出一股腐臭，而且上面已经长出蛆虫了，他俨然已经被打成了一团血肉，一声极微弱的喘息让女孩反应过来：他还活着！喘息声微弱得难以察觉，但凭借它，女孩还是从这个血肉模糊的人身上辨认出一丝尚存的意识，跟他一样，她的衣服也被脱了个精光，双手反绑着，满眼惊恐，中尉拽起她的头发让她离那个吊着的犯人更近一点，用父亲斥责女儿的口吻对她说："要是不听话，他们也会这样惩罚你。"好像之前挥起拳头揍她、抬起靴子踢她、脱下裤子插入她体内的一众人里面，不包括他自己，士兵得到中尉的示意，立刻取来一把镰刀，将它放在一根半燃的木棍上烧红之后，迅速递到中尉手中，只见中尉手法娴熟地一刀割下了那具肿胀身体的生殖器，当着已被吓傻的女孩的面，完成了这个精准的阉割动作，随之而来的是一声惨叫，一声来自一个五种感官突然全部醒过来的人的惨叫。女孩之后再也没有听到过比这更恐怖的叫声，她在证词中说，在余生的无数个夜晚，她都会被这一声惨叫惊醒，也正是这一声惨叫，吓得我狂奔出办公室，逃到庭院里，站在了此刻皮拉尔所在的位置，同时看到从暴行中幸存下来的那位女士——据她在证词中所说，多亏她担任上校的爷爷向军官们施加压力，她才被放出来——正朝一扇门走过去，而我没有勇气让别人介绍我俩认识，而是暗下决心，只要在大主教宫待着，我都要离她越远越好。

　　还是皮拉尔把我从噩梦中解救了出来。她问起我昨晚跟法蒂玛的约会怎么样，问我是不是很享受，露出一脸狡黠的坏笑，显然正幸灾乐祸地等着我说在得知法蒂玛有男友之后是多么失望，她其实不知道，失望倒没什么大不了的，这甚至可以当个笑话讲出来，让我痛苦的是第二天起床那一刻：超量服用的溴西泮害我睡得昏昏沉沉，连法蒂玛是什么时候起床、什么时候离开的都不知道。真是糟糕，我原本想提醒她忘了前一天晚上发生的一切，把记忆清空，永远不要跟任何人谈起，更不要跟她男友 J. C. 谈起，从睡醒起床到抵达大主教宫，我心中不断默念着这几句请求，一边念一边四处徒劳地寻找法蒂玛——据她昨晚不经意的透露，她今天一整天都会和她亲爱的男友待在一起，同时整理行李准备搬家。于是，我将自己关在办公室，注意力转向刚刚匆忙穿过昏暗走廊的那位女士所提供的口述资料，这份资料让我暂时忘记了跟法蒂玛共度一晚之后我很可能不得不承担的后果。然而，在庭院里的喷泉旁边，皮拉尔突然又狡猾地问起这次约会，我再次陷入深深的忧惧。那位乌拉圭军官是个什么样的人？我索性开门见山地问，还是别绕弯子了，我脆弱的神经已经不允许我继续掩饰、伪装了，是祸躲不过，不如现在就一次问个清楚吧，也好死个明白，但我也猜到了，这个托莱多女人一定会先抛给我个充满热情的回答，什么 J. C. 是位多么优秀的男士啊，法蒂玛是多么幸运能遇到他啊，他跟当地粗鲁的大兵是多么不一样啊——富有涵养，见多识广，为人谦和，十分有范，然后说我应该找机会认识一下，我们一定会相处得很好。刹那，我只觉口干舌燥，心里涌起一股莫名的冲动，想推皮拉尔一把，让她仰面朝天掉进喷泉池中，然后自己撒腿就逃，可事实上，我只是低声嘟哝了一句，声音粗重而含糊，时间紧张，我得赶紧回办公室继续校对那一千一百页资料了。

接下来的一整个上午，我都待在大主教办公室里编辑报告，却发现自己无论如何都无法专注，坐立难安，时不时往小本子上抄几行奇特的句子，这些句子能让我短暂地神游一会儿，可它们又总会以这样或那样的方式，把我重新带回亟须找到法蒂玛的焦虑情绪之中，我要求她忘记前一晚发生的事，最重要的是，千万不要跟 J. C. 提起我。正如一位马梅族原住民在他的证词中所说：**我总因为自己什么也做不了而感到心力交瘁**！大屠杀之后，他的父亲和几位兄弟统统被军队带走，音讯全无，从那以后，他就每日生活在深深的抑郁中。**我总因为自己什么也做不了而感到心力交瘁**！这句充满悲伤和绝望的话，让我一刹那想到自己：我也什么都做不了，因为四处都找不到法蒂玛。我给她跟皮拉尔合租的公寓打了无数次电话，可始终无人接听，那句"**我总因为自己什么也做不了而感到心力交瘁**"，在我这里渐渐变成了：对于阻止法蒂玛向 J. C. 透露我跟她的事，我因为什么也做不了而感到心力交瘁。在跟 J. C. 行完一场久别胜新婚的床笫之欢后，法蒂玛一脸无邪地靠在 J. C. 梅迪纳少校肩头耳语："亲爱的，我有个惊喜要告诉你……" J. C. 则心不在焉，一副刚从爱的战场打完仗回来的将士的慵懒模样，直到他的臭脚女友带着半兴奋半合谋的语气跟他说，她也有了自己的"平行邂逅"，就在前一天晚上，是跟大主教区的一个同事——也就是我，乌拉圭军官一听顿时妒火中烧，想象到这里，我立刻吓得一个激灵站了起来，开始有强迫症似的在办公室里走来走去，满脑子都是法蒂玛跟刚到的男友做完爱之后会发生的事情。走着走着，我开始隔着裤子挠自己的龟头，我一边像一只被关在铁笼里的猴子一样在办公桌前走来走去，一边挠自己的龟头，仿佛重复这个动作就能赶走脑子里关于那对情侣的画面，以及在得知女伴不忠的那一刻，J. C. 恨不得把我骨头捏碎的怒气冲冲的模样。然而，事实却是，这一整个上午，我都感觉龟头刺痛，睾丸也绷得紧紧的，我原以为那就是一种在禁欲几个星期后突然行性事，身体所产生的常见过敏反应，可是现在留神回忆一下，我才意识到，随着时间一点点过去，症状变得越来越严重了。

　　猜疑转化成恐惧的过程用了不到一秒，我飞速冲出办公室奔向卫生间的疯狂脚步可以证实这一点；我穿过走廊时脑子在嗡嗡作响，进到厕所隔间后胆战心惊，这些都证实前面那句话所言非虚。我插上门，脱下裤子开始检查，发现只消轻轻挤压，就有白色液体流出来，我立刻被吓掉了魂，整个人呆立在那里，仿佛被催眠了一般，一动不动，我以为这辈子都不会染上性病啊！我从来没有想过自己会染上性病，对于肉体关系，我最担心的也是怕染上性病！但无可否认的是，那滴可怕的脓液就在眼前，正责难似的看着我，而我则感觉脚下的地面在塌陷，也感觉到踏入禁区后的一阵眩晕，因为我始终认为这世上的男人分两类，一类肮脏龌龊，一类清白高洁，而是否有这滴液体，恰恰就是两者之间的分界线。

没过多久，恐惧又转化成了愤慨，我很确定这一点，因为准备离开隔间到水槽边洗手时，我发现自己早先对于法蒂玛向她的军官男友讲述夜间冒险的担忧在一瞬之间烟消云散，全副身心都被一股复仇的欲望所占据，我迫不及待地想让那个西班牙女人为她要我的恶劣行径付出代价，因为她不可能不知道自己带有此刻已经在侵蚀我的病毒，一定是乌拉圭军官传染给她的，谁知道那人平时都跟什么妓女混在一起，现在她竟然又蓄意把病传染给了我，真是狡诈到令人发指，我也非用同样狡诈的方式报复她不可，我站在水槽前，一边这样思索着，一边捧起水打湿自己的脸，好像这样就可以冲掉新染上的病毒。我丝毫不愿回大主教办公室，任何不能立即帮我

摆脱这个病的事我都不想做，下面才是我要做的：我要
给埃里克打个电话，让他给我推荐一个泌尿科医生，并
告诉他，原因是他手下一个女雇员刚把性病传染给了我；
我还要去找皮拉尔，让她也给推荐个大夫，顺便让她知
道她那亲爱的同胞昨晚干下的好事，给她讲一遍究竟发
生了什么，好让她再也不要露出那种傻笑，也彻底看清
我们那位共同朋友的真面目；还有大主教先生，我要跟
他打报告，说编辑工作并不顺利，不能如我所愿专心工
作，因为那个叫法蒂玛的员工用她溃烂腐臭的身体感染、
玷污了我。就在这时，对两腿之间那滴恐怖的白色液体
的鲜明记忆再次闪过脑海，它提醒我，眼下最需要紧急
处理的还是它，报复法蒂玛的计划可以等，治疗病毒感
染可耽搁不得，因此我立刻急匆匆地朝大木门奔去，快
得仿佛是个着了魔的人，穿过挤满乞丐和流动商贩的脏
兮兮的马路，走进街角的药房，让店员给我开了一剂药
效最强的青霉素。

第十章

　　我晚上八点半来到第六大道 1-25 号公寓，是按照通知准时到的。因为皮拉尔明确告诉我约翰尼·西尔弗曼的生日晚会将在八点三十分开始。这位西尔弗曼是个来自纽约的犹太人，现为大主教邀请过来的法医人类学家团队中的一员，负责在有屠杀记录的各个地点挖掘和搜集死者骸骨，一方面用以确认幸存者证词的内容，另一方面可以帮助死者家属按照原住民习俗将其下葬，即便由于时隔多年，已经无法准确判断哪些骨头是谁的，因为被军队埋进乱葬岗里的村民实在太多了。我按照约定的时间来到了约翰尼·西尔弗曼家门口，只是想稍微娱乐放松一下，没有别的期待，毕竟我还在服用治疗感染的抗生素——就是前面讲到的那个感染问题，不能喝酒。那天下午，我还因为感染的事跟法蒂玛吵了一架，她竟矢口否认她和她男友携带任何传染性病毒，言语间甚至暗示我在故意毁坏她的名声，于是我立刻提议一起回大主教办公室，到私密的地方让她看看那诡异的脓液，她却马上找了个理由拒绝了，同时转过身去大主教宫的厨房——我们就是在那里低声争执的——给她的咖啡加了糖。我继续说，我刚好在被她占了便宜之后的第二天早上开始流脓，而传染者本人却坚称自己毫无症状，这根本不合理啊！她听完越发恼怒了，直接中断了谈话，说这里不是聊这种话题的地方，随即便离开了。我进了约翰尼·西尔弗曼家，吃惊地看到出来迎接我的竟然是主人，他看起来衣衫不整，手里握着一把菜刀，客厅空空荡荡的，难道聚会取消了？我脱口问道，约翰尼解释说再过几分钟客人们陆续就到了，还说我不是第一个到的，查理已经在厨房了，正帮忙准备食物呢，又说他因为临时有工作要处理，耽搁了一些工夫，所以连澡都还没洗，他确实应该尽快去洗个澡，我暗自想，身上都那么脏了。从门口到厨房，我一路都忍不住四处打量，这是一座殖民地风格的宅子，房间宽敞又美观，家居装饰品味相当不俗，这里跟我那间位于恩喀斯楼的公寓完全不可同日而语，跟这座我还未尽览其全貌的豪宅比，我那儿就是个勉强用来过夜的小破窝，这个念头让我脑海中浮现出一系列联想，我最终得出的结论是，挖印第安人的骨头比校对他们的证词赚钱多了，虽然我也没忘记皮拉尔之前告诉过我的，约翰尼·西尔弗曼出生于纽约一个富足的犹太家庭，在曼哈顿拥有空中别墅及众多其他资产，这样看来，他的住所和我的住所之间差异巨大也就不难理解了，但即将发生的另外一件事，还是让我疑窦丛生。一位橄榄色皮肤的俏丽女孩过来跟我打了个招呼，只见她大方优雅，一头乌黑的秀发，举手投足间流露出某一类女人特有的傲慢：她自知追求者如云，但选择的永远是最有钱的那个。约翰尼给我介绍说，这是塔尼亚，他的女伴，那位是查理，查理留了个跟尤·伯连纳[1]一样的光头，一说话我就听出了他的阿根廷口音。"实在抱歉，我忘记你的名字了。"约翰尼对我说，我跟他在埃里克办公室被介绍互相认识之后就再没见过，他漫不经心地说出刚才那句话，随后立即转身回去继续准备食物，塔尼亚和查理给他打下手，两人正坐在宽敞厨房的一张大桌子前切着香肠并将之摆到烤盘上，这时约翰尼再次漫不经心地问我想喝点什么，并伸手指了指旁边摆满饮料瓶和酒瓶的橱柜，然后继续讲他在贝登省[2]一个废弃的军事基地周边挖掘尸体的经历，说他们在那里找到七十七具尸骨，年龄各异，其中包括孕妇和刚出生不久的婴儿。"梦永远地依然停滞在那里。"听约翰尼讲完，我随即接上这么一句，跟听到祷告结束后立即诵念一声"阿门"作为附和似的，在场的人都愣住了，尤其是今天的寿星，一脸错愕，估计他以为我这个举动是某种他不了解的地方习俗呢。"梦永远地依然停滞在那里。"我又念了一遍，这句话太精彩了，下午在主

1　尤·伯连纳（Yul Brynner，1920—1985），俄裔美国戏剧与电影演员，奥斯卡金像奖得主。
2　贝登省（Petén），危地马拉最北部的省份。

教官办公室第一次读到它，就感觉眼前一亮，韵律优美，结构也无可挑剔，既向永恒延展，又未忽略瞬间，特别是副词的使用，营造出一幅拧转时间脖颈的画面。这句话出自一位不知哪个族群的原住民老太太的证词，她口述中提及的那次屠杀，有可能就发生在约翰尼那帮法医人类学家挖出尸骨的地方，这句表述，真是既优美（因其在文字层面足以引发无限遐思）又恐怖（因为它实际指涉一场充斥着恐惧与死亡的噩梦）。"**梦永远地依然停滞在那里。**"我第三次大声诵读出来，眉毛高扬，心潮澎湃，好让在场的人一次就能领会到这句话的精妙绝伦，也防止那个留着尤·伯连纳式光头的阿根廷人再次问我要不要倒杯酒喝，因为我将只能回答说我在服用抗生素，不能喝酒，我大声诵读出这一句，也是为了倡议，把新挖出来的尸骨转化成文字吧，最好是诗，虽然他们榆木疙瘩做成的脑袋永远无法理解，我从这帮人面面相觑的迷惑神情判定，他们果然无法理解，看来得一字一顿地再念一遍"**梦永远地依然停滞在那里**"才行，我刚要张嘴，一阵刺耳的电铃声突然从厨房的天花板上传来，是大门门铃，那个叫塔尼亚的橄榄色皮肤女孩立刻自告奋勇去开门，约翰尼·西尔弗曼则扭头往浴室跑，边跑边说他得赶紧把澡洗了。"嘿，那个精彩的句子，你从哪里看到的？"尤·伯连纳问我，此时，客厅已经挤满了高声谈笑的客人，一瞬间变得闹哄哄的，仿佛大家都是约好了要在同一时间出现似的。"真的很棒，哥们儿，有巴列霍的味道。"阿根廷人的语气很确定，仿佛那人知道我在想什么，仿佛我之前在他面前这样说过，不得不承认，我倒是愣住了，这无论如何都不可能，因为我之前从未见过这个光头，而很快我得知，他供职于联合国，是约翰尼的老朋友，两人在纽约就认识了，光头很懂聊天技巧，把话题从巴列霍诗歌及其与印第安人语言风格的关系，微妙地转移到了我在大主教宫的编辑工作，还问及我跟埃里克的私人关系，认真倾听我说的每一句话，我们两个还逗留在厨房餐桌旁，有人叫我们去热闹起来的客厅那边跟大家一起玩，光头也不予理会，全身心沉浸在与我的交流之中，似乎将我置于他用自己巧妙的问题和我必然的回答营造出的极为融洽的对谈泡泡中，似乎他早已十分清楚我这个人的心理毛病：一旦有人激起了我说话的欲望，我就会抑制不住地想跟这人倾吐一切，鸡毛蒜皮、细枝末节统统不放过，不掏干净不罢休，像一种无法自控的话语痉挛症，又像性高潮来临的过程中非得完全纵情才能痛快一样，我一定要把所有秘密都和盘托出，让对方知道所有他想知道的才行，这个掏心掏肺的倾诉习惯，后果常常直到事后才显现，那股难受劲很像宿醉。而这一次，我老毛病果然又犯了：我细细地给光头讲起了在这里经历的所有事，从那一千一百页材料，到我和埃里克的协定，到西班牙骑士、八字胡小个子、聚集在大主教宫里的各种令人难忘的人物、被强暴几十次的女人、被男友背叛的可怜托莱多女人、再到害得我染病因此不得不暂时戒酒的另一个西班牙女人……刚说到这里，只听啪的一声，仿佛有开关突然关上了，仿佛融洽的泡泡一瞬间破灭，又仿佛是因为我提到自己染了病给眼前这位阿根廷男人造成了不适，只见他脸色唰地就变了，露出一副让人捉摸不透的神情，是一种心不在焉，我感觉到一阵愧疚，想必他也得过类似的病，是我的话害得他回忆起了过去。我试图通过转变话题来缓和尴尬，于是问他家是在布宜诺斯艾利斯还是某个内陆省份。"我是乌拉圭人。"他从牙缝里挤出这几个字，脸上写满厌恶，听到这个回答，我勉强问了一句卫生间在哪儿，站起身来，像个僵尸一样穿过客厅的人群，一边走一边感觉自己正在坠入一个无底深渊，因为我竟然跟个白痴似的，轻易落入了狡猾敌人的圈套，这个成功让我对他掏心掏肺的男人，在约翰尼口中是查理，但在他女友和别的亲密之人那里，他的称谓则是 J.C.，是胡安·卡洛斯·梅迪纳军官，那军官此刻一定在暗暗做着各种谋划，准备等我一走出卫生间就找机会干掉我，在我坐在马桶上心里七上八下的当儿，他大概正一边回想我失智般倾吐给他的话，一边越来越愤怒，因为我满脸鄙夷地谈及的那个西班牙女人，他一听马上就会知道是法蒂玛，虽然我没提名字，但他应该比任何人都清楚，我说到的那个病是从他开始传染起来的。我只觉手脚冰凉，大脑一片空白，不知所措，多希望这一切只是一场马上能醒来的噩梦啊。这时我才发现，约翰尼的卫生间竟如此奢华：墙壁由精致的瓷砖铺就，让人宛如置身于北非皇宫；浴缸宽敞到足以同时与两位闺秀共浴；还有巨大的雪松木衣橱、不同风格的地毯，以及各式各样的高级器皿和用具——大概是供主人修整仪容打理形象用的，我反正从来没见过；此外还有映着我那颓丧之脸的大大小小的镜子，再往旁边，有一扇磨砂玻璃窗……这时，耳边突然响起急促而有力的敲门声，"有人！"我心头一紧，慌慌张张喊了一声，心里知道肯定是 J. C.，他这是过来确认我是不是逃跑了，此刻一定正守在卫生间门口等着抓我，决意让我为他头上那顶绿帽子付出代价，也许他会把我揪到客厅那帮同行面前狠狠揍一顿以发泄怒气，或者把我拖到大街上示众，用尽花样对我进行羞辱和攻击，一想到后一种可能，我就感觉到自己的括约肌瞬间紧缩。J. C. 又开始敲门了，声音同样急促有力，我迅速站起来穿好裤子，冲了马桶，开始焦躁地转来转去，感觉自己像只被围困的老鼠，直到我走到磨砂玻璃窗前，发现竟然可以轻易打开，于是我纵身跳了出去，来到后院的一条长廊，这里光线昏暗，一股辨别不出是什么植物的气味扑鼻而来，我小心翼翼地向前走，生怕弄出一点声响，同时尽可能让自己的影子被阴暗的树影覆盖，我想在这里找到一个可供藏身的角落，好慢慢厘清思绪，缓解恐惧，让每个毛孔都在冒汗的我平复一下心情。我避过一个接一个的花盆和各处的台阶，时时紧贴着长廊墙壁走，竖着耳朵听 J. C. 是否也跳出卫生间的窗户追了过来，我来到了后院的尽头，只得抬脚踏上另一条小路，朝那座殖民地风格大宅的另一侧走去，我继续走着，心里期待着能找到一条通往外面的出口，因为对我来说，逃之夭夭才是眼下最聪明的选择。正在这时，我听到前方有脚步声和说话声，似乎正朝我这边来，那军官不会纠集了一队人马准备堵截我吧？于是我赶紧蹲在一个花盆后面躲了起来，想等他走远了再出来，可是我猜错了，突然出现在后院的是三个人，他们随后一起走进了一个房间，但里面并没有那个让我提心吊胆的光头，我认出那三人中有约翰尼·西尔弗曼和我的朋友埃里克，第三个却从没见过。他们打开房间里的一盏灯，灯光刚好照亮我用来做掩护的花盆紧挨着的那扇后窗，这就为我偷偷观察他们提供了极大的便利，只见三人围着一张桌子坐下，中间还摆了一瓶威士忌，而由于庭院里光线昏暗，再加上遮挡我的盆栽枝繁叶茂，他们很难察觉我的存在，但我很快就发现，我根本听不清他们谈话的内容，不知道他们在密谋些什么，透过后窗传出来的，只是一些无法辨识的絮语。不过，就算我是个一个字都听不到的聋子，也能判定那三人在谈不可告人的秘密，是绝密信息，参与密谋者之中有我的朋友埃里克，我倒不奇怪，可是那个来自纽约的富裕犹太人为何也在其中呢？他来到这个国家挖掘被政府军屠杀的印第安人的尸骨，光这一点就已经足够让他们把他给活活煎了，他竟然还敢跟像我的朋友埃里克这样的天主教堂代表之一密谋，在想什么呢？而另外那个人，无论怎么看都像位军官——外形刚硬，神情冷峻，虽然身穿便服，但我猜位阶一定不低，这会儿估计有五六个士兵正在街上静候他们的长官呢，我凭直觉做出的判断很少失误，尤其是看他的神色，不会错，只见他像一条随时准备进攻的眼镜蛇，甚至有那么一瞬间，我怀疑他发现了藏在植株后面阴暗角落中的我。就是在那一刻，我灵光一闪：这位情报官员不是别人，正是奥克塔维奥·佩雷斯·梅纳将军，屠杀印第安人、虐待大主教区的那位女孩，这些罪行都是他所为，他的照片从未被曝光过，老狐狸很懂得隐藏自己，躲在暗处是他的专长，记者从来搜寻不到半点关于他的蛛丝马迹，我顿时吓呆了，只想尽快离开那里，如果继续偷窥下去，被发现了可能小命就没了，可我又不知道该往哪里逃，J. C.肯定正在后院里四处寻找，随时会摸索到这条长廊上来，所以，眼下最保险的还是原地不动，留心身后影子的变化，同时观察房间里那三人的一举一动。我心里盘算着，只要光头一出现，我就立马冲进房间让我的朋友埃里克保护我，跟他解释说那个家伙因为一场误会要干掉我，这样既不会让那三个人怀疑我在后窗外偷听，又能阻止 J. C. 冲我发泄怒火。我正努力读取那三个人的唇语，以揣测他们究竟在商讨些什么，这时，我突然感觉背后有人，并且近在咫尺，近到我不敢动弹一分一毫，近到我的后颈都能感受到他口中呼出的气息，光头是什么时候蹑手蹑脚地跟上我的?！我透过窗玻璃往里看的时候，他一定也在透过玻璃往里看，一边观察房间里正在进行的秘密会议，一边饶有兴致地打量着此刻已经被吓瘫了的我，面对此时可怕的情景，一句话突然跃入脑海，是我下午整理口述材料时读到的：**总有些时候，我会害怕，甚至不由自主地开始大喊大叫**。那一刻我最想做的，就是大声喊叫，然而我绝对不能喊出来。漫长的几秒钟过去，身后再没有任何动静，也没有人出声，此时耳边却响起一阵狗的喘息，就是狗想获得主人的注意或寻求亲昵时通常会发出的那种喘息，我小心翼翼地转过头去，发现身后有一只小獒犬，张着开裂的嘴巴，像是有兔唇似的，但看上去友好可爱，见到我便一副欢喜雀跃的样子，我猜一定是屋里的人在跳舞，不能让这可怜的东西进去，只好让它自己待在外面，狗一见我注意到了它，立刻活蹦乱跳起来，在廊道里一边蹦跶，一边汪汪叫，房间里的三人密谋团队立刻警惕起来，我别无他法，只得赶紧转身离开，在树影的遮掩下往回走，也顾不上是否会碰到光头了，因为相比于被他抓住，我更害怕的是落入奥克塔维奥·佩雷斯·梅纳将军的手中,一旦被他抓住,他必定立马会对我展开严酷的拷问,让我吃尽皮肉之苦,直至最后服软,他会以最快的速度从我口中套出偷听他们谈话的动机,之后再把我发往那间地狱般的囚室,不过万幸的是,獒犬似乎闻到了它主人的气味,兴奋的叫声留在了走廊里,而我已经朝卫生间窗户这边过来了。就是我当时跳的那扇窗户,可惜现在被关上了,我不得不继续向前,一直走到了客人聚集的大厅,我推推搡搡着快速挤过人群,生怕那位将军正紧跟在我身后,然后猝不及防地出现我眼前。我正寻找着大门的方位,却突然迎面撞上了光头和法蒂玛,妈的!什么鬼运气啊!就这么被两面夹击了,冷血的杀人魔头在后,一夜情对象和她的正牌男友在前!"你跑哪儿去了?"法蒂玛冲我喊道,神情天真得像第一次领圣餐礼的小女孩,我则在想着光头的拳头什么时候会挥过来。"你已经见过查理了吧?"她继续说,我却恨不得拔腿就跑,"老天,你还好吗,怎么跟撞见鬼了似的?"被光头搂在怀里的她一把抓住了我的胳膊,而我转过身不敢看光头的脸,"遗憾的是,J.C.不能来了。我本想介绍你跟他认识呢!"我听见她说了这么一句,随后又听到她解释说查理是J.C.最好的朋友之一,既是一国同胞,又是工作伙伴,我却实在无法继续停留了,挣脱了她,落荒而逃。

第十一章

　　早上从灵修院醒来时，我的内心似乎已经平静很多，不再害怕，前一天，是我的朋友埃里克和大主教官的一名司机一起带我来的，他们为我安排了一间房，好让我在不到十天的时间内集中精力完成对那一千一百页材料最后的修订工作，这样他们就能尽快将材料送去印厂，是我主动跟我的朋友埃里克说，我需要一个远离闹市的封闭环境，以便能二十四小时专注于工作而不被外界打扰，只有这样才能把手头的工作保质保量地完成，谈话过后没几天，我就搬进了这座远离城区、被密林环绕的灵修院，这里的建筑占地广，风格现代，有四十个一模一样的房间，排列成十字，中间有一个公共区域，里面包含一个厨房、一个大餐厅、一个图书馆，还有一间小教堂。

　　第一天我在这个有着四面白墙的俭朴房间醒来时，只觉神清气爽，终于摆脱了噩梦，我平躺在小床上静静地冥想着，玻璃门对面是宽敞的庭院、草坪，远处是松林，雾气随风轻柔地飘荡着，恍然间以为自己在另外一个国度醒来，眼前的自然风光让人的心灵变得不再残忍嗜血，这感觉唤起了我过去有过无数次的、对开启一种全新生活方式的渴望：要让每日的思考与情感都充盈着清新的空气与积极的能量，想到这里，我一个鲤鱼打挺从床上起来，套上运动衫、运动裤，踏上球鞋，因为我只需要拉开玻璃门，就能到外面跑上一圈，振作下精神，我真的这么做了，天哪，这里的空气太好了！纯净又湿润，一下充满了肺部，我顿时感觉精神抖擞，在十字形建筑周边的草地上跑起步来，同时留意着呼吸节奏和肌肉律动，虽然我已经连续几个月没有健身了，但现在看来身体状态还不错。围着灵修院跑完一圈之后，我确认了里面没有其他人住，关于这一点，朋友埃里克倒是提前告诉我了，他说，工作日期间这里只有行政人员和负责打理庭院的雇工，比如我现在远远看到的那位站在树林旁边的园丁，而到了周末，这里则会变成众多传教士聚集的场所，听起来不错，因为这样就意味着工作日不会有人来打扰我，但另一方面，我又感觉到些许担忧：万一哪个恶棍想谋害我，或者觊觎我在校对的材料，想要得手可是丝毫都不难的，他可以穿过外围的树林，顺利潜入灵修院，一路畅通地抵达我房间的玻璃拉门，走进去干掉我，并一道毁掉我的档案，这个念头一出现，我刚刚振奋起来的精神又瞬间低落下去，但我还是继续围着灵修院跑起了第二圈，只不过我再也无心享受清新的空气和附近美丽的风光，连之前调匀的呼吸节奏都乱了，只觉得那熟悉的恐惧又回来了，郁郁葱葱的树林不再让人感觉到清爽，而是化为一道用于围堵的屏障，跑着跑着，我忘记了自己出来的初衷是为了放松身心，不觉加快了脚步，一路逃也似的回了房间。接下来的几天，我每日连续数小时待在房间里，眼睛盯着从大主教办公室搬过来的电脑，小小的电脑桌旁就是那扇玻璃拉门。我坐在桌前工作，每到夜幕降临，远远看着那片幽深的树林，心里便好生害怕，于是索性穿过空荡荡的走廊，来到同样空荡荡的餐厅，一边吃晚饭，一边回味白天改过的材料中让我心动的句子，比如一份证词中有这么一句：**一开始，我希望自己是一条毒蛇，但现在，我最希望他们悔过。** 太让我惊奇了，竟然有人想变成一条毒蛇，这个印第安人竟然相信自己能化身为一条毒蛇去复仇，这句话深深印在我脑子里，以至于到了晚上，我甚至都没敢拉开玻璃门，生怕有蛇从树林爬到院子的草坪里，然后趁我不注意，哧溜一下钻进我的房间，在这恐惧之中，奥克塔维奥·佩雷斯·梅纳将军那张毒蛇一样阴险奸诈的脸突然跃入脑海，我躲在后窗偷看他跟犹太人约翰尼、我的朋友埃里克密谈时，瞥见的就是一张阴毒的面孔，对了，我从来没有向埃里克问起过我从后窗看到的事，因为在恐惧面前，我的好奇心黯然失色，在灵修院度过的那个夜晚，再次证实了那次经历给我留下的心理阴影，我不仅不敢打开玻璃拉门，百叶窗也关了个严严实实，好把黑漆漆的院子完全屏蔽在视线之外，不然，我就会出现幻觉，奥克塔维奥·佩雷斯·梅纳将军那张毒蛇一般阴森森的脸会突然浮现，贴在我面前这扇门玻璃上……妈呀！要是这样，我肯定会被吓得逃窜起来，一路号叫着狂奔过死寂的走廊，冲到保安室求救，虽然那很可能是徒劳，因为如果我在玻璃门上看到了将军的脸，那我的房间必定已经被他率领的突击队包围了。

把自己幽禁在灵修院三天之后，我明白了一个真相：孤独足以摧毁这世上最理性的灵魂。一小时接一小时过去，找不到任何一个人说话，只有在用餐时间跟后勤人员互致简短的问候，其余时间都埋头于编校报告，夜里在小床上时睡时醒，没有半点娱乐消遣，因为那个病的缘故（虽然已经没在流脓了），连手枪都不能打了，压抑至此，我渐渐开始意识混乱，始终有同一个画面萦绕在脑海中，每到休息的间隙，它就跑出来，那是个在报告中重复出现的画面，它慢慢地侵占我的身心，直至彻底控制住我，那一刻，我不由自主地站了起来，开始在狭小的房间里走来走去，从办公桌旁走到床边，又从床边走到办公桌旁，魔怔了似的，我仿佛成了那个蛮横地闯进印第安人茅屋的中尉，伸出铁掌一把抓起才几个月大的婴儿的两只脚后跟，抬起手臂把他甩到半空中挥舞起来，速度越来越快，越来越快，就像拉满弹弓随时准备射出石头的大卫，速度快到让人晕眩，旁边就是那个婴儿的父母和兄弟姐妹，他们正惊恐地看着这一幕，突然，婴儿的脑袋砰的一声撞到茅屋内一根横梁上，脑浆迸裂，溅得到处都是，我抓住婴儿的脚后跟在空中继续不断挥舞，直到回过神来，发觉自己举过头顶奋力挥舞的手臂差点就要撞上床头的木板，我想起自己是在灵修院，而不是在印第安人的茅屋，是一个由于长时间阅读报告中反复出现的一段证词而陷入恍惚的小编辑，而不是在大屠杀中以把新生婴儿的脑袋撞向房屋横梁为乐的中尉。我大汗淋漓，神经敏感如惊弓之鸟，但还是坐回电脑桌前，时间紧迫，我一头扎进报告，又专心致志地校对了几小时，直到注意力开始涣散，幻象再次出现，我从椅子上站起来，发现自己变成了奥克塔维奥·佩雷斯·梅纳中尉，正带领一队士兵去执行一项屠村任务，我再次走进那间印第安人的茅屋，那一家子倒霉的印第安人啊，他们还不知道等待他们的是怎样的地狱，直到我一把抢过他们怀中的婴儿，抓住两只脚踝举到半空，开始加速挥舞手臂，再将他柔嫩的脑袋对准横梁全力扔了过去。颤动的脑浆四处迸裂的画面让我一下惊醒：我发现自己身处灵修院的房间，站在房间中央，惊魂未定，满头大汗，奋力挥舞手臂的动作让我头晕目眩，而与此同时，我又感觉到一阵轻松，仿佛卸下了一副重担，似乎我化身为中尉、把新生婴儿的脑袋撞向房梁的幻觉无形中起到了一种净化作用，瞬间把我从那一千一百页材料所带来的积郁中解放了出来，我随即再次把头埋进那堆资料，先是聚精会神一段时间，接着又陷入和先前一样的病态幻想，如此不断地循环往复。

可到了第四天，不得不承认，我已然神志大乱，再难有一刻安宁，那些惨不忍睹的文字记录，我被迫读了一遍又一遍——纠正每一个错用的逗号、修改文法有误或表意不明晰的句子，因为到了眼下这个状况，要再去修改实质内容已无异于疯狂——直到它们被深深印在脑子里，终于，我又灵魂出窍了，眼神无法再聚焦于电子屏幕上的文档，思绪则恍然来到了事发现场，好像已经不再属于我了——也许它从未属于过我。相反，它不受控似的，自主地在时空中穿梭，像个记者一样，在村边的空场地周围游荡，一排村民被反绑着手跪在地上，一队士兵正挥舞大刀朝他们砍去；它又进了一间印第安人茅屋，婴儿的脑浆正在半空中飞溅；还钻进乱葬岗去观察那一堆堆被肢解的尸骨，好像所有这一切我看得还不够多似的；思绪疯狂地四处游荡，把我卷入无穷无尽的恐怖画面之中，到了半夜，我终于受不了了，勉强拉开玻璃门冲了出去，黑夜中的院子，寒风凛冽，我像只受伤的动物一样在星空下长啸，我竟然就这样直接拉开门冲到冷风呼啸的院子里大喊大叫，都没想一想万一草丛里有毒蛇怎么办，或者万一奥克塔维奥·佩雷斯·梅纳带着他的暗杀队迅速赶来把我扣下怎么办，我发出三声嘹亮的嗥叫，保卫室的人听到一定以为是附近的野狼。等我恢复了神志，意识到了自己疯狂的举动，却发现自己正顶着呼啸的寒风，仍然站在黑漆漆的院子中央，这时，我忽然感觉两侧的树影正悄无声息地一点点向我靠近，一开始是四片树影，很快又变成了四个人影，正张开手臂向我扑过来——他妈的！——这种情形下，回房间将无异于自杀，于是我拔腿朝黑洞洞的树林深处跑去，动作迅速而果断，那帮人完全没来得及反应，我在松林和杂草间找到之前晨跑常常穿过的那条小径，摸索着一步步前进，心快提到了嗓子眼，生怕那几个家伙追上来，或者朝我跑来的方向开枪，又或者，事先部署了另外几个杀手在前方埋伏；然而，中间有那么一瞬，我有种豁然开朗的感觉，千真万确，仿佛恐惧为我开启了感官的大门，我沿着这条小路奔跑，穿过这片树林，胸腔充满湿润的空气，耳边则是自己紧张的喘息，仿佛对这条路早已熟识一般，我只管闷头向前跑，不会撞到树，不会栽大跟头，只是不时被地上的东西轻轻绊一下，恍然觉得自己之前从这条小路上顺利逃生过一次，而现在只是在经历同样的事情，我几乎确信后面的人已经不再追了，而是扭头去了我的房间，卷走了我编辑的报告，甚至砸烂了电脑和硬盘，因为他们十分清楚经过这番破坏，报告就不可能发表了，如果我的方向感没错，应该很快会抵达一片空旷的草地，再往前就直通市里的高速公路了，夜幕下竟然还能如此清晰地辨别方向，我自己都有些惊讶了。我的预感果然没错，沿着几段防护栏，我终于来到了高速公路，顺着这条路跑下去，仔细留心着前后有没有车经过，那帮在院子里围堵我的家伙想必也会开车从这条路出来，打算抓住我后灭口，所以，每当看到有一辆车驶过来时，我就退到路边，躲到一截树桩或一块石头后面，等着听到车声远了再出来，继续向前跑。

　　跑着跑着，我突发奇想，开始伴着脚步的节奏，低声反复念诵今晚摘抄到笔记本上的最后一句话，这句话乍一听没什么特别，但在我飞奔逃命的过程中，它便有了战士们在行军途中为鼓舞斗志而喊出的口号的鲜明节奏感：**伤痛诚苦，死后得安**。它变成了我沿着马路奔逃时的战斗口号，这句话出现在我脑海，可能是因为它的节奏跟我脚步的节奏完全合拍，两者和谐到让我忍不住提高了音量："**伤痛诚苦，死后得安！**"好像我变成了一位正奔往前线赴死的战士，一遍比一遍激昂地不住高喊**"伤痛诚苦，死后得安"**，喊到忘乎所以，都想不起要留意身后追我的人的车辆有没有开近，恰恰相反，我迅速为这句斗志昂扬的口号找到一个实践的渠道：我要马上回到灵修院，直面奥克塔维奥·佩雷斯·梅纳将军及其手下，阻止他们摧毁那份凝聚了无数记忆和心血的报告，想到这里，我不禁边跑边感到豪情满怀，但事实很快就证明这个想法纯属神志错乱，此时身后突然传来一阵渐近的马达声，吓得我一溜烟跑到路边躲了起来，想到那些凶犯一旦发现就会上来把我干掉，我不禁惊恐万分；至于刚才豪情万丈地高喊什么**"伤痛诚苦，死后得安"**，同样也只能是我神志错乱的表现，这句话描述的是一位从大屠杀中幸存下来的原住民的伤痛，根本不适用于我这么一个正在逃命的编辑，我逃跑恰恰就是因为我不想被打伤，更不想被杀死。

我来到位于米斯科区的几栋房子前，心下琢磨着有哪些可供我藏身的地方，实际上，选择少之又少，甚至一个也算不上有，我无论如何都不能再回到恩喀斯楼上自己的那间公寓了，也不能去皮拉尔家，因为他们既然想毁掉报告，就一定已经掌握了参与制作报告的所有人的信息，要不然怎么叫军事情报机构呢，他们有胆量闯入神父们的灵修院，就一定可以肆无忌惮地闯进皮拉尔家把我干掉。只剩求助于我的托托老兄这一个选择了，他接起电话，被我的求助声吓到，因为我需要他赶紧来接我，我把自己所在的方位描述给他，同时警告他附近可能有暗杀队在巡逻。挂掉电话后，我跑到一个紧靠公用电话亭的垃圾桶后面躲了起来，这是唯一一个可以避开追踪者和巡夜人视线的角落，我一边战战兢兢地等着托托来，一边突然开始为自己抛下了工作而感到愧疚不已，大主教或埃里克发现我失踪之后，也不知道会怎么想，他们不会以为我在筹谋什么见不得人的计划吧？应该不会，我这样为自己辩解，尤其是在想到我的朋友埃里克、奥克塔维奥·佩雷斯·梅纳将军和犹太人约翰尼那次可疑的会面之后，因为这件事关乎的显然不是谁可以去责备谁的问题，而且我对于那几百份口述史料可能会丢失的担忧也毫无道理，我的朋友埃里克、大帅哥何塞巴和留八字胡的小个子，至少这三个人的电脑里一定都存有备份。好像这些还不够似的，我又从皮夹克口袋里掏出我的小笔记本——它和护照是我始终随身携带的两样东西，靠在垃圾桶背后，在阵阵臭气和昏暗的光线中，勉强辨认着自己前两天刚摘录下来的一段证词，好让等待的这段时间不那么难以忍受，这一句是这样的：**抹去死者的名字吧，让他们得自由，也让我们得解脱。**由此可见，一些幸存下来的原住民，已经不愿再忆起过去了，他们更想永远忘记。

半小时后，我听到了托托老兄的车声，立刻兴高采烈地从垃圾桶后跳出来，然后上了车，门都还没关好，我就开始滔滔不绝地跟他讲我在灵修院遭受的袭击，讲那帮坏蛋如何向我猛扑过来，而我又如何迅速做出了反应，见我激动得语无伦次，托托觉得还是让我放轻松比较好，我哪里还能放轻松！我急于跟他说自己的猜测：这次我侥幸逃脱的袭击，很可能跟我无意间透过后窗窥见的那场秘密会谈有关。"你想让我陪你回去看看发生了什么吗？"托托老兄问道，眼神里透着担忧，但语气坚定。

"疯了吧?"我说,"才不要。"我逃出来的路上的确考虑过这个可能,但回去实在太危险了,我还是希望他能收容我一晚,第二天早上他还得帮我个忙,反正军队是不会找他麻烦的,他可以去我在恩喀斯楼的公寓帮我收拾一下行李,顺便把藏在橱柜角落的一摞现金拿出来,我要用这笔钱买张机票远走高飞。"还是回去看一眼吧,不会有事的。"托托老兄如此坚持道,我吃了一惊。

第十二章

地球不懂也不想知道彗星都跟她说了什么，因为她在自己的轨道上安然自得，讨厌被一个只是偶尔出现的星体打搅，谁知道它是从哪儿冒出来的，那天清晨，我来到这家叫皮特的酒馆，倚在吧台上，就这样任由思绪天马行空，眼睛则盯着对面的镜子，看着自己的脸出现在一排酒瓶上方，同样出现在镜中的，是坐在我身旁和身后的几十个顾客，在一片烟雾缭绕和热闹喧哗中，他们正庆祝他们一年中持续时间最长的节日：狂欢节，虽然它跟我所了解的"狂欢节"完全不是一回事。只见这帮人兴奋异常地举杯欢呼着，在这光线充足的大厅里，我几乎看不清他们的脸，因为我只是死死盯着镜中的自己，观察脸上的每一个部位和每一个表情，突然间，那张脸一下变得陌生了，仿佛坐在那里的人不是我，有一瞬间，它变成了别人的脸，一张陌生人的脸，而不是我平常所见的面孔，我一下认不出自己了，这让我立刻陷入极度的恐慌，差点就要在这座陌生城市的陌生酒徒中间当场发疯：谁在镜中看到另一个人还能保持镇定呢！好在我的堂弟基克及时出现了，"唉，上卫生间撞见两个死玻璃在里面乱搞。"基克在吧台刚坐下就开始发牢骚，"我等着进去大便，可那两个人占着厕所不出来，在里面互舔呢。"他又说了一遍，口气粗鄙又刻薄，他一贯如此。我问他，都没进去怎么就如此确定里边的人在干什么。他回答说，他在外面听得清清楚楚，一个正夸另一个的口活好呢！基克堂弟的德语很好，他面有愠色，让我确定了他没有撒谎。我又提醒他，该不会他们在所谓狂欢节的第一天，有给男伴吹箫的习俗吧，毕竟各地有各地的风俗，我说，如果他们把清晨四点、零下五度的气温中举行马车游行称作"狂欢节"，那市民的庆祝方式是去有暖气的厕所口交，而不像我在别处的狂欢节看到的那样半裸着身体在外面跳舞，我是绝对不会感到奇怪的。可基克仍然没在听我说话，而是跟皮特点了杯啤酒，转头和旁边一个面色苍白的女孩攀谈起来，是个长得不错的荷兰女孩，看起来基克准备今晚把她带上床了，对他来说，女人是最大的诱惑，也是他最大的弱点。所以，我又没人陪了，形单影只地坐在人群中，两手紧紧抓着酒杯，生怕再次在对面的镜中看到那张陌生的脸，心里想着，我就像一颗彗星，而基克堂弟是地球，所以每当我试图把自己校对那一千一百页档案的经历讲给他听，他都看起来十分不耐烦，因为对他来说，那是另一个遥远星系的事，与他的生活毫无关联。他唯一的反应是怪我没把因为一遍遍审阅那份报告而造成的心理创伤的治疗费用列入跟神父们签署的合同条款中。也许他说得对，虽然我已经飞到地球的另一端，积郁却依然丝毫不见缓解，我没有办法享受这边的清静，只要基克随便说点什么刺激的话，我就会重新提起几个星期前在改的那份报告，还有那段可怕的经历，而且至今仍保留着随身携带小笔记本的习惯，动不动就掏出来，出声朗读之前摘抄到上面的优美句子，很多我都背下来了，比如这句：**对我来说回忆，我感觉我在重新经历一次。**句法破碎，一定是因为说出这句话的幸存者的部分大脑机能被损坏了，而实际上，这句话完全贴合我眼下的处境：孤身逃亡在异国他乡，多亏堂弟基克好心收留，对我来说，每次回想起那一摞口述报告，都像重新经历其中噩梦般的内容。"要再来一杯吗？"皮特过来问我。这个亲和力十足的瑞士大个子店主，似乎是这里唯一会讲西班牙语的人，他刚才一直在吧台对面脚不着地忙前忙后，今天顾客太多了，个个看起来都口渴万分。皮特给我递过来满满一杯扎啤，泡沫都溢出来了，我正透过宽大的落地窗望着酒馆对面的街道，依然惊讶于那好几百位居民竟然丝毫不顾外面寒风刺骨，身着奇装异服聚集在阴沉沉的马路上，一片歌舞欢腾，他们冲着行驶过来的马车欢呼，伴着鼓声和笛声扭动着身子，俨然一幅中世纪女巫安息日的景象。"没事吧？"皮特问道，大概是被我脸上那跟周围的节庆气氛毫不相称的轻蔑表情冒犯到了。我回答说没事啊，只是觉得不可思议：如此盛大的狂欢节庆，居然选在大清早举行，还是在这隆冬时节，可惜我不懂这里的语言，否则很想弄明白马车上都写了什么，大家都在开着什么样的玩笑。然而，他转眼就跑到酒馆另一端忙活去了，我又不得不一个人面对前方镜中的自己，心里坚信不会有事的，如果我只是注视镜中人的眼睛，说不定会发现些什么，至少可以试着去想象在镜中看到另外一个人的可能性，我一边这样联想着，一边害怕真的又在镜中看到一个陌生人。这时，脑海中突然冒出一句话：**让我们感到害怕的，是跟我们一样的人。**我一遍遍默念着这句话，眼睛依然盯着镜中的自己，连举起酒杯往嘴边送时，也依然能在眼角余光中看到镜中的自己，同时口中不间断地重复念着那句："**让我们感到害怕的，是跟我们一样的人。**"我的声音估计太大了，我立马感觉到基克放在我肩上的一只手，同时在镜中看见他靠了过来，伏在我耳边问发生了什么事，是不是在叫他。我转过脸望向他的眼睛，说："**让我们感到害怕的，是跟我们一样的人。**"意料之中，他听完一脸不解。我跟他说话时，总爱引用那些死里逃生的印第安人口述的报告里的句子。这让他很不耐烦，形容我是"病态的痴迷"。可这一次不是那样，我是说，他竟然没表现出厌烦，而是追问了一句这话究竟是什么意思，脸上满是担心，仿佛生怕我会突然做出什么意想不到的激烈举动似的，于是我赶紧解释这句话的背景：军队下令让村子里一半的人口杀死另一半人口，最好是让印第安人杀印第安人，这样，就算有一半人活下来，他们也只能顶着杀人犯的罪名度过余生。"我们快点出去吧，我跟你说的那列马车队马上就要过来了。"堂弟基克赶紧转移话题，他向来如此，我一聊政治或军队，他就神情慌乱不知所措。"那个荷兰妹子呢？"我问他。"她也一起。"说着他抓起我的胳膊，带我来到酒馆门口挂外套的地方。可是门一开，一股寒流就猛地扑面而来，冻得我立刻跟基克说，无论如何我都不会上街喝西北风的，别管我了，我还是待在这暖暖和和的酒馆里，什么时候决定回家了再一起走，让他赶紧抓住机会，尽情施展本领，争取拿下荷兰靓妹。就这样，我留在了酒馆里，不紧不慢地喝着我的扎啤，时不时跟皮特交谈两句，视线有意避开镜子，直到我不可救药地又把小笔记本取了出来，也没什么特定的目的，就像一个烟鬼总是用快要抽完的小半截烟再点燃另一根烟，或者一个孤单的人每天来酒馆读报纸，就这样我翻看着我的笔记本，细细品味着里面的句子，时而念出声来，好体会它们的节奏韵律，或其中包含的细微情感。这时，皮特走了过来，问我在读什么，而那一刻我嘴里刚好在念这么一句："**他们杀得越多，爬得越高。**"这是一位村民看到邻居因杀人而得到官方嘉奖之后有感而发的一句话，我声情并茂地念了出来，皮特则一脸愕然，显然他

没听懂，于是我不得不解释道，在我们的国家，犯罪是
升官发财的最快捷径，刚才那句话精准概括了这一现实。
"他们杀得越多，爬得越高。" 我又念了一遍，但已经没
有听众了，对面的瑞士大高个已经跑去招呼另一位客人
了。就在那一刻，我突然想起，报告公开发布的消息应
该已经出来了，我也急切地想知道前一天上午大教堂中
的状况，据托托老兄在最新一封邮件中说，大主教就是
在大教堂中把这份报告高调地公之于众的，他还跟我说，
他碰到了我的朋友埃里克，埃里克对我的不辞而别感到
迷惑不解，我心想，难道我还需要对一个鬼鬼祟祟策划
阴谋的人解释自己的去向吗？难道不正是因为他的阴谋，
我才不得不逃到世界另一端这么一座陌生的城市来忍受
天寒地冻吗？就这样形单影只地在酒馆里，连个说话的
人都没有。我现在只想马上回到堂弟基克的住处，赶紧
打开电脑，上网查一查那份报告最终定下的标题是什么，
我当初提议使用所有口述证词中最有力的那一句作为标
题：**我们都知道谁是杀人犯！** 我认为这一句非常贴切，
很适合被用作报告的标题，因为这份报告要表达的就是
这个：**我们都知道谁是杀人犯。** 我在离开大教堂去灵修院
闭关之前，跟朋友埃里克和八字胡小个子碰过一次面，我
当时把这个提议说给他们听，他们并没有表现出跟我一样
的热情。**"我们都知道谁是杀人犯！"** 我高喊出来，朝皮
特抬起手臂，因为我想现在就结账，然后马上回到堂弟

基克的公寓，不再等他了，有荷兰美女在旁做伴，他还
不一定什么时候回去呢。我在吧台前等着皮特拿账单过
来，不经意间却发现我右边倚在吧台上的客人，竟然是
奥克塔维奥·佩雷斯·梅纳将军，我顿时感觉如同五雷
轰顶——该死！——我那天透过后窗瞧见的就是这张脸，
它此刻正从对面镜子里看着我，一副目中无人的张狂样，
仗着今晚喝了不少酒，也鉴于他在这个国家不可能同样无
法无天，我挑衅地扬起眉毛，转过身子正对着他，他则把
头扭向另一边，避开了我的目光，这个胆小鬼，这下我越
发愤怒，更加不怕了，猛地把手里的酒杯举到半空，大声
冲他喊出来："**我们都知道谁是杀人犯！**"这句祝酒词正适
合他这样的酷刑犯，而那人却装作听不懂我讲的语言，冲
我傻笑起来，以为这样就可以摆脱我了，他可真是把我当
白痴啊！于是，付完皮特递过来的账单之后，我径直走
到那个特务跟前，厉声说出下面这一句："**从那以后，我
们日夜担惊受怕。**"这句话也出自报告，在我脑海中萦绕
好几天了，只见他依然不明所以地冲我笑起来，接着说
了一句德语，我当然听不懂，这家伙一定是在跟我耍把
戏，我一下被激怒了，又大声重复了一遍，以示挑衅：
"**从那以后，我们日夜担惊受怕。**"他不再理会我，扭头
跟皮特用一种我听不懂的语言交谈起来。

很快，我就站在了酒馆门外的马路上，冻得瑟瑟发
抖，迈开步子穿过熙熙攘攘的人群，准备到灰烬广场去

坐电车，因为马车游行和其他欢庆活动的缘故，市中心的交通暂时关闭。置身于这堆在清晨的寒风里边喝酒边唱歌的陌生人中间，为了让自己也振奋一下精神，同时也为了把被我留在酒馆的那个幽魂从脑海中驱赶出去，我用尽全身力气一遍又一遍地大吼出这句话："**我们都知道谁是杀人犯！**"喊完我顿觉激情澎湃，吼叫声则立刻消散在这片被称为"狂欢节"的嘈杂喧嚷之中，没有引起任何人的注意，甚至在同样挤满了狂欢者的电车上，我仍未停止大喊，等回到了堂弟基克的公寓，我本想继续吼两遍，但一阵比我的音量还要高的呻吟声突然传来，让我立刻闭上了嘴，是那个荷兰妞，她两条腿大张着，叫声一浪高过一浪，老天，我的酒劲一下子散了，不得不蹑手蹑脚地往里走，生怕弄出声响打断她的呻吟，说实话，她的音量实在是太高了，即便我已经回到了我睡觉的办公室，关紧了门，依然能听到它在我耳中回荡，若不是急着打开电脑查看邮件，我恐怕很快就要脱下裤子打个手枪了，肯定轻轻松松就能出来。登录邮箱一看，托托老兄果然来了一封信，我兴冲冲地点开，却只看到一条像电报一样简短的留言：昨天中午，大主教在大教堂高调主持了报告发布仪式；晚上，他被人在堂区暗杀，脑部被砖头击碎。全国陷入一片混乱。幸好你走了。

魔幻与见证之后：
暴力阴影下的中美洲文学
——代译后记

《错乱》这部小说的具体背景，书中并未点明，但透过情节中的若干线索，读者可以推断出故事发生在中美洲的危地马拉。这些线索包括一些原住民族群名称，比如卡克奇克尔族、基切族；主人公编校的那份口述档案，也显然是在影射由危地马拉天主教会于1995年发起的"历史记忆恢复计划"（Recuperación de la memoria histórica, REMHI）。这份人权报告记录了长达36年的危地马拉内战（1960—1996）期间，军队对国民犯下的种种暴行，其中包括对玛雅原住民的种族屠杀。报告按照议题分为四卷，每卷都附有对幸存者开展的共计6000多场采访。报告于1998年4月完成并公之于众，仅在发布两天之后，项目发起人胡安·赫拉尔迪（Juan Gerardi, 1922—1998）主教就在寓所附近被杀害，其他参与者也相继收到死亡威胁。

若以玛雅原住民议题为脉络来梳理危地马拉，乃至整个中美洲的20世纪文学史，我们会看到其中贯穿着两大主要叙事传统：其一是以米盖尔·安赫尔·阿斯图里

亚斯 [1]（Miguel Angel Asturia，1899—1974）为代表的精英文人群体所创作的虚构作品，其二是以玛雅-基切族人权斗士里戈韦塔·门楚 [2]（Rigoberta Menchú，1959— ）的自传为代表的非虚构类作品。后者被称为"见证文学"（testimonio），其书写目的不在于艺术探索，而在于传达边缘群体的抗争诉求并进行社会动员。古巴哈瓦那美洲之家于 1970 年设立"见证文学奖"，颁给两部见证文学作品。此举标志着该体裁在拉美首次被官方正式承认 [3]。而拉美见证文学真正被国际文化、文学界的广泛关注和深入研究，就始于门楚于 1983 年发表的自传《我，里戈韦塔·门楚》。通过将本土民间文化元素与欧洲先锋叙事技巧融合，阿斯图里亚斯实现了对本国原住民文化传统的艺术性再现和传播，这被乌拉圭学者安赫尔·拉马（Angel Rama，1926—1983）引为拉美"跨文化叙事"（transculturación narrativa）的典范。而无论是拉马的跨文化叙事理论，还是阿斯图里亚斯以玛雅文化为材料而展开的小说实践，其最终服务的对象都是拉美国家主体性建构和文化现代化进程，以图建立起不同于欧洲文明的独立国族身份。在这个统一民族文化身份的塑造过程

1　1967 年诺贝尔文学奖获得者。

2　1992 年诺贝尔和平奖获得者。

3　卢云，《拉美见证文学的历史发展和概念梳理》，载《西班牙语论丛》，北京外国语大学西葡语系编，北京：外语教学与研究出版社，2013 年。

中，知识精英起核心能动作用，独特性和异质性极强的原住民传统被动接受筛选、提炼和改造。以"见证文学"为代表的民间口头文学，在很大程度上可以被视作对这一精英传统的对抗性回应。这些平民书写者和发声者，拒绝被他人所代表，拒绝被宏大的国族叙事压制，而是选择以叙述和行动的主体身份，记录各自所在社群的历史，对抗不公正的社会结构。以门楚为例，她在20世纪80年代至90年代的成功成名，对推动危地马拉境内的印第安人运动，争取印第安人群体权益起到了巨大的作用。

至于同样触及危地马拉原住民议题的小说《错乱》（首次出版于2004年），其诞生的时代背景已与80年代"见证文学"兴盛之时大有不同，距离阿斯图里亚斯活跃的20世纪中叶前后更是遥远。截至90年代，内战在中美洲各国陆续结束，而和平并未随着战争的结束到来，中美洲至今依然是全球暴力现象最集中的地区之一。浪漫的国族想象已然消散，战后全球资本的扩张进一步深化贫富差距，为了逃离这个充斥着贫穷与暴力的地区，每年都有大量中美洲非法移民穿越国界，北上至墨西哥或美国。以萨尔瓦多学者比阿特丽斯·科尔特斯（Beatriz Cortez，1970— ）的《犬儒美学：战后中美洲文学中的激情与幻灭》（*Estética del cinismo: pasión y desencanto en la literatura centroamericana de posguerra*,

2010）为代表，当代中美洲文学评论界的一大研究主题就是犬儒主义。《错乱》的主人公正是一个没有任何政治抱负和道德坚守的犬儒主义者形象。他接受档案编辑工作的动力并非源于人道主义精神，而仅仅是为了那份承诺给他的五千美元的报酬。他在小说中多处流露出对人道主义工作者的不屑和无情讽刺，其中就包括疑似影射里戈韦塔·门楚的那位成为"国际顶级奖项获得者"、在欧洲王室成员的簇拥下登上著名时尚杂志的印第安妇女（第七章情节）。虽然作为战争幸存者的玛雅原住民所提供的口述资料贯穿小说始终，但《错乱》并不是一部受压迫者讲述自己族群所遭受不公的见证文学，而是关于一位负责编校工作的知识分子阅读这些史料时的经历和体验。也就是说，故事的核心不是印第安人群体的经历，而是这些经历如何被阅读、被感受。正是基于此，一些学者称《错乱》为一部"元见证小说"[1]（meta-testimonio），因为它不是传统意义上的"见证"小说，而是一部"关于见证"的小说。

在 2017 年 3 月墨西哥《宇宙报》（*El Universal*）的一次采访中，莫亚谈及其在《错乱》中所使用的这种对历史事件的处理方式，他说："小说在本质上是主观的。

---

1 Misha Kokotovic. "Testimonio Once Removed: Castellanos Moya's *Insensatez*". *Revista de Estudios Hispánicos*, 43:3, 2009. 545-562.

作家生活在具体的历史情境中，而小说是作家们想象力的产物，他们从个人的角度、以个人的方式对历史做出回应，跟利益团体的反应未必一样……以《错乱》为例，小说描述了危地马拉社会的暴力和战争受害者的记忆，但主人公的视角是完全个人的，他被个人的需求所驱使，有其看待世界的方式，其言行举止与历史事业所基于的善意并不一致。文学不能被限制在历史真相的框架之内。小说家的工作是构建一个世界，在其中通过挖掘人类内心的深层动机，以寻找一种新的方式来讲述事实。文学处理的对象在很大程度上是情感，是人类心中那个不可见的隐秘世界。"通过这番关于文学理念的表达，莫亚似乎在与具有鲜明政治诉求的见证文学划清界限。见证文学在 20 世纪 70 年代至 80 年代中美洲文化、文学领域十分兴盛，莫亚承认这类书写存在的必要，同时也已在多个场合表达过对该体裁的厌倦。比如，2009年 4 月，他在接受纽约《格尔尼卡》(Guernica)杂志采访时说："见证文学已经成为一个新的教派，好像所有人都应该带着政治诉求去写作，而读者也必须相信那些作品的真实性，因为，见证文学的基石就是历史真相……可是现实很复杂，不存在唯一的真实讲述。"具体到《错乱》，在 2008 年接受厄瓜多尔作家毛罗·哈维尔·卡德纳斯（Mauro Javier Cardenas）的邮件采访时，他说："政治上的严肃性或意识形态上的党派性会让它陷入见证小说的危险，而那是一种我绝对不会去写，也完全不喜欢的体裁。《错乱》的最大挑战只在于，如何让那份编辑报告的工作一点点摧毁一个没有任何信仰的愤世嫉俗者的心理和情感世界。"

从人物塑造的连贯性和情节合理性上来说，主人公自私自利的言行特征背后，是他自身难保的现实处境。他时刻处于被恐惧吞噬的边缘。因此，他在情感上始终试图与原住民的残酷遭遇保持疏离，这很大程度上可以看作一种逃避和自我保护。他所身处的环境，虽然不能完全等同于其所阅读史料中玛雅族群的遭遇，却也充斥着邪恶、暴力和大大小小的犯罪。如上文所说，中美洲内战的结束并未为各国带来和平，抢劫、绑架和凶杀充斥着国民的日常生活，黑帮团体像病毒一样在最贫穷的街区蔓延。引用莫亚接受墨西哥《宇宙报》采访时说的话，"现如今在萨尔瓦多，有数万人加入地方黑帮，跟内战时期加入游击队的国民人数几乎一样多"。危地马拉"历史记忆恢复计划"记录了战争期间442场屠杀事件，众人都期待这项宏伟的工程可以带来正义，为国家带来历史性的变化，可是项目发起人刚刚办完新闻发布会就被残忍杀害。类似的悲剧也在邻国萨尔瓦多上演着："有罪不罚的现象继续存在，战争的受害者并没有获得正义。想象一下，你生活在这样一个国家，他们可以杀死你们的最高宗教领袖〔指奥斯卡·罗梅罗主

教（Monseñor Óscar Romero，1917—1980），1980 年 3
月 24 日在圣萨尔瓦多一个小教堂做弥撒时被暗杀〕……
而那些下令暗杀这个民族精神领袖的人依旧安然享用着
他们的财富，没有任何人付出任何代价！我们要从哪里
获得精神上、道德上的能量来重新树立一个榜样，来让
人们依然相信未来还有可能变得更好呢？"（《宇宙报》，
2017）《错乱》的主人公在来到邻国参与档案编辑之前，
在本国已经饱受人身威胁，以及随之而来的精神问题的
困扰，而这份内容敏感的工作又将他置于新的危险之中。
面对报告中所记载的大规模人类暴行，自顾不暇的主人
公把焦点放在文字表层的诗意，这可以理解成一种自我
保护的心理机制。他选择逃避。他想逃进美、逃进性爱，
但最终都失败了。他逃到地球另一端也没能逃出内心的
恐惧。他在故事结尾大喊出的那句"我们都知道谁是杀
人犯！"，与其说是一句从道德立场发出的控诉，不如说
那背后的驱动力量依然只是他个人心中日积月累的恐惧
和无力的愤怒。

在莫亚的笔下，恐惧与妄想症（paranoia）如影随
形。偏执妄想、疑神疑鬼是暴力和恐惧所触发的一种心
理机制，也是一种在特殊环境下被激发出的求生本能。
莫亚将当代中美洲的社会现实和国民普遍的心理特征幻
化成特定的小说叙述风格，即大篇幅的心理描写和第一
人称独白，以表现笼罩在恐惧中的人物终日神经高度紧

张的状态。在他的笔下，人物常患有严重的被迫害妄想症，世界与自我因而同时变得愈发扭曲、陌生，直至精神错乱。在作家莫亚的眼中，进入历史就是进入悲剧，就是进入一个超乎人的意志和主观掌控的过程。面对暴力主导的悲剧命运，个体只能一步步陷入错乱和癫狂的旋涡。在这里，笑，即幽默、嘲讽，成了仅剩的武器。2004年5月，马德里美洲之家举办中美洲文学研讨会，莫亚受邀出席，发表演讲。在这场重要演讲中，他回顾了萨尔瓦多及整个中美洲在过去一百年左右的残酷历史，说："我们是一场大屠杀的产物。这就是为什么，我们平时如此热衷于开玩笑。我们用笑来抵御精神错乱。"

除了宏观的国族史，他在马德里那场演讲中还谈起一些个人经历，以及自己所属家族的历史，来解释塑造自己文学创作风格的现实因素。比如，他说他童年最早的记忆是三岁时在外祖父家经历的一次爆炸式袭击，"也许就是这个事件，在我心中埋下了恐惧、仇恨和报复的种子"。"或许不是，"他接着说，"或许可以追溯到更早。我想象着我的曾祖父何塞·玛利亚·里瓦斯（José María Rivas）将军的脸。他于1890年被埃塞塔（Carlos Ezeta，1852—1903）独裁政权枪杀，头颅被悬挂在科胡特佩克[1]城门口，作为对他叛乱行为的嘲弄；或

---

1 萨尔瓦多城市，据查阅到的有限资料，从大约1860年起一直到1890年，何塞·玛利亚·里瓦斯将军与当地印第安人联合，反抗统治者压迫。

者我的叔叔哈辛托在 1932 年 2 月 1 日清晨于行刑队前向法拉本多·马蒂[1]（Farabundo Martí，1893—1932）告别时，因痛苦而扭曲的神情；或者我的父亲在 1944 年 4 月 2 日所参与的反对马丁内斯（Marximiliano Hernández Martínez，1882—1966）将军独裁统治的政变失败后，得知自己被判处死刑时颤抖的身体；又或者，我的侄子罗伯蒂克在 1980 年 3 月的某一天，即将被暗杀队士兵用砍刀砍死时，那满脸的惊恐。"所有这些都构成莫亚的个人记忆，而浸透于这些记忆最深处的，就是暴力。莫亚继而引用他十分喜欢的一位思想家埃米尔·齐奥朗（Emil Cioran，1911—1995）的一段话，来解释自己创作的动力源泉："齐奥朗说：'对我来讲，写作就是复仇。对世界的报复，对我自己的报复。我所写的一切，或多或少都是一场报复的产物。因此，它同时也能带来解脱。'我倾向于相信，激励着我自己的文学创作的，也是一种类似的感情。"

但无论如何，在列数完这些记忆之后，他又重新强调，"我是个写小说的，而不是扮演救世主形象的政治家。"他不愿让政治、暴力限定大家对他及其作品的解

1　萨尔瓦多革命领袖，1930 年创立萨尔瓦多共产党，1932 年领导反对马丁内斯军事独裁的农民起义，遭到残酷镇压，导致三万起义农民死亡，马蒂也被杀。萨尔瓦多诗人罗格·达尔顿在一首题为《我们》（"Nosotros"）的诗中多次重复的一句"我们都是 1932 年的子孙"，指的就是这场历史上著名的 1932 年大屠杀。

读，即便这些元素的确充斥着他的写作。政治和暴力构成作家的存在处境、创作土壤，却并不是他的创作目的。他在马德里的演讲中说，虚构写作是为了创造平行于现实世界的时空，写作者在那里可以探索日常生活中所无法行使的自由。"正是这份自由赋予人些许解脱。也正是因为这个，我们抗拒通过列表或画框来被简易地分类。多位评论者称呼我为暴力小说作家，对此我的回应是：我不写暴力小说，我写的就是小说，没别的了。"

不愿被政治、社会议题框架限制，这诚然是莫亚关于自己所追求的一种普世主义文学理念的表达。他只是个写小说的，不想去做扮演救世主形象的政客。但不可否认，这份普世的态度或理念，背后依然可见当代中美洲国民对政治、对精英、对文化英雄所抱有的一种普遍的消极情绪。美国人类学家大卫·斯托尔（David Stoll，1952— ），在其著作《里戈韦塔·门楚和所有贫穷危地马拉人的故事》（*Rigoberta Menchú and the Story of All Poor Guatemalans*，1999）中，收录 1993 年在危地马拉采集到的一条街头采访资料。前一年，门楚刚刚获得诺贝尔和平奖。被采访的危地马拉老汉说："我们这样一个文盲国家，得过一个诺贝尔文学奖；现在，一场战争正无休无止地进行着，竟又得了个诺贝尔和平奖。"阿斯图里亚斯与门楚所代表的，可能不单纯是前文所谈到的两种叙事传统，他们的背后，隐藏着一个更加深刻的命题，即面对现实苦难，尤其是种族屠杀、种族灭绝这样大规模的人类暴行，艺术何为、文学何为的问题。"奥斯维辛之后，写诗是野蛮的。"将德国哲学家阿多诺这句著名的表述，置于位于世界"边缘之边缘"[1]的萨尔瓦多籍作家莫亚的小说内外，又可以激发出我们哪些思索呢？

张婷婷

2021 年 8 月

---

[1] 这是莫亚对中美洲地区的形容，出自 2019 年 7 月厄瓜多尔《电报》（*El Telégrafo*）采访记录。采访中，莫亚说："在掌控这个世界的新型法规秩序中，在全球对资本的需求、对原材料和技术发展的需求中，中美洲国家完全没有存在感。没人对我们有兴趣。资本需要跟巴西这样的国家谈判，因为它的矿物出产能力对于企业发展不可或缺。甚至对非洲国家也一样。但我们被剩了下来。没人在乎我们死活……除了巴拿马，我认为其余的中美洲国家都注定被遗忘。我们一直处于世界边缘的边缘，这是我们的宿命。"